푸른개
장발

글 황선미

충남 홍성에서 태어나 어린 시절을 경기도 평택에서 보냈습니다. 《마당을 나온 암탉》, 《내 푸른 자전거》, 《엑시트》, 《뒤뜰에 골칫거리가 산다》, 《나쁜 어린이 표》, 《어느 날 구두에게 생긴 일》, 《일투성이 제아》 등을 펴냈습니다. 《마당을 나온 암탉》은 미국 펭귄 출판사를 비롯해 수십 개국에 번역 출간되었고, 국내에서 애니메이션으로 제작되어 큰 성공을 거두었습니다. 《푸른 개 장발》은 영국 리틀브라운 출판사를 비롯해 유럽과 아시아 십여 개국에서 출간되어 베스트셀러 반열에 올랐습니다. 2012년 국제 안데르센 상 후보에 올랐으며, 2014년 런던국제도서전 '오늘의 작가'로 선정되었습니다. 2017년에는 대한민국문화예술상 대통령 표창을 수상했습니다. 앞으로도 오솔길을 열심히 걸으며 사는 게 멋지다는 걸 알 수 있는 작품을 쓰려고 합니다.

푸른 개 장발

초판 1쇄 발행 2019년 3월 5일
초판 4쇄 발행 2022년 6월 15일
지음 황선미
발행인 금교돈 | 편집장 문주선 | 편집 조윤정 | 디자인 배혜진 | 마케팅 이종응, 김민정 | 일러스트 NOMOCO
발행 이마주 | 주소 서울시 중구 세종대로 21길 30
등록 2014년 5월 12일 제301-2014-073호
내용 문의 02-724-7855 | 구입 문의 02-724-7851
블로그 http://blog.naver.com/imazu7850 | 이메일 imazu7850@naver.com
제조국명 대한민국 | 사용연령 8세 이상 | 주의사항 날카로운 책장이나 모서리에 주의하세요
ISBN 979-11-89044-13-8 43810

푸른개
장발

황선미 지음

마주

차례

땜장이 냄새   7

낯선 냄새가 다녀가면   13

담장 위의 도둑   21

달콤한 친구   34

수상한 먹이   46

혼자서 집으로   56

너 같은 애는 처음이야   69

배반   83

목청 씨의 팔뚝   96

뒤틀린 나날   106

망나니 고리   120

괴상한 시누님   130

남는 것도 떠나는 것도   139

슬픔이 찾아오거든   154

달팽이 계단   174

얄미워도 친구   187

지독한 겨울   200

친구에게 가는 길   212

작가의 말   218

땜장이 냄새

"그르르릉."

누렁이가 고개를 조금 들며 소리를 냈다. 그러나 그뿐이었다. 누렁이는 여전히 길게 누운 채로 새끼들에게 젖을 물렸고, 이빨도 내보이지 않았다. 한마디 내뱉기는 했다.

"굶어 죽은 뒤에나 올 줄 알았지!"

철커덕.

담요가 둘러져 있는 철망 문이 열리자, 찬바람이 먼저 밀려들었다. 움찔 떨면서도 누렁이는 열린 문 쪽을 보았다. 불그스름하게 물든 감나무가 언뜻 보였고, 노인이 들어섰다. 발소리만 듣고도 누렁이는 누가 왔는지 알았던 것이다. 다른 사람이었다면 어림도 없었다. 새끼 낳은 지 겨우 열사흘이 되었을 뿐이니까.

노인은 문을 닫고 김이 모락모락 나는 냄비를 내려놓으며 후우 하고 담배 연기를 내뿜었다. 그래서 노인의 얼굴은 온통 뿌예 보였다.

"털이 보송보송해졌군."

노인은 눈도 안 뜨고 젖만 빨아 대는 강아지들을 떼어 냈다.

"고 녀석들 참! 어미를 말려 죽이겠구나."

"그러게 말이야. 이번 녀석들은 먹성이 대단하구먼."

누렁이가 신음처럼 대꾸하며 부스스 몸을 일으켰다. 붓고 빨개진 채 처진 젖과 푸석푸석해진 털 때문에 누렁이는 몹시 지쳐 보였다.

누렁이는 노인이 가져온 아침을 허겁지겁 먹어 대기 시작했다. 노인은 쪼그려 앉아 담배를 마저 피웠다. 그러면서 어깨뼈가 앙상하게 드러난 누렁이가 파르르 떨며 아침 먹는 모양을 지켜보았다.

젖을 놓친 강아지들이 조그만 코로 더듬거리며 어미를 찾았다. 그러나 누렁이는 거들떠보지도 않았다. 새끼들이 낑낑대며 어리광을 부렸어도 마찬가지였다. 누렁이는 먹는 데에만 정신이 팔렸고, 노인은 개집 구석에서 밤새도록 불타고 있던 석유난로를 껐다.

"허허허. 아주 가지각색이야."

강아지들을 눈으로 헤아려 보며 노인이 말했다. 노인의 말처럼 강아지들의 털색은 여러 가지였다. 누런 녀석이 둘, 갈색과 흰색 점박이가 둘, 갈색과 검은색 점박이가 셋, 그리고 검둥이도 하나 있었다.

"며칠만 고생하면 돼. 임자들이 나설 테니까."

노인이 투박한 손으로 누렁이 등을 쓰다듬었다. 누렁이는 여전히 냄비에 주둥이를 박고 있느라 아무 대꾸도 못했다. 한 그릇을 말끔히 비웠어도 누렁이 배는 여전히 홀쭉했다. 먹다가 흘린 것까지 모조리 핥아 먹고도 아쉬워서 누렁이는 노인을 바라보았다.

노인은 깔개 바깥으로 밀려나 있는 흰색 점박이 한 마리를 집어 들었다.

"쯧쯧. 무녀리가 결국……."

노인은 점박이 강아지를 안쓰러운 눈길로 바라보았다. 흰색 점박이는 이미 뻣뻣해져 있었다.

"흐음, 처음부터 신통치 않더니만……."

"걘 너무 약하게 태어났어. 제대로 젖을 물지도 못했지. 어째서 첫애는 번번이 내 속을 쓰리게 하는지 몰라."

누렁이가 끄응 소리를 내며 다시 길게 누웠다. 그러자 강아지들이 더듬더듬 파고들었다. 머리로 들이받고 앞발로 칠 때마다 누렁이의 배는 부드럽게 출렁거렸다. 강아지들은 저마다 젖꼭지를 차지하려고 바르작거렸다. 가장 튼실해 보이는 새끼 누렁이 두 마리가 형제들을 밀어내며 맨 가운데를 차지했다. 그 바람에 검둥이가 나동그라졌다. 검둥이는 다시 주둥이를 들이밀며 다가가려고 했지만 형제들의 뒷발에 차여 또 밀려났다.

"끼잉……."

검둥이는 다시 일어났다. 그리고 또 다가들었다. 그러나 형제들은 틈을 내주지 않았다. 어떻게든 머리를 넣어 보려는 검둥이를 노인은 물끄러미 바라보았다.

"무녀리도 아니면서 왜 밀려나느냐."

노인이 검둥이를 손바닥에 올렸다. 검둥이는 노인의 손바닥에 사뿐히 올려질 만큼 작고 가벼웠다.

"누렁이 속에서 어째 이런 별종이 나왔을꼬. 요 녀석은 벌써 털이 다 자란 것 같아. 아주 까맣게 뒤덮였잖아."

"나도 그런 애는 처음 낳아 봤어. 애들 아범도 그렇게 생기지 않았는데……."

누렁이가 시큰둥하니 말했다. 별나게 태어난 새끼가 내키지 않는 듯이.

별난 강아지 검둥이는 큼큼거리며 노인의 손을 더듬었다. 싸한 냄새. 형제들에게 밀려서 깔개 밖으로 나동그라졌을 때 철망에 부딪히면서 맡았던 냄새. 노인의 손에서는 철망에서 맡았던 바로 그 싸한 냄새가 났다. 검둥이는 움찔거렸다. 철망에 부딪힐 때처럼 머리를 아프게 하는 냄새 때문이었다.

눈을 천천히 떴다. 노인의 주름진 얼굴이 보였다. 용접을 자주하는 땜장이라 불똥이 튀어서 덴 자국마다 검게 딱지가 앉은 얼굴.

"어허? 제법일세! 맨 먼저 눈을 떴구나!"

노인은 가운데를 차지하고 있던 새끼 누렁이를 반짝 들어냈다. 그리고 검둥이를 그곳에 놓아 주었다.

낯선 냄새가
다녀가면

"그거 놓지 못해!"

목청 씨가 마당비를 휘둘렀다. 어미 누렁이가 점박이의 목덜미를 물었기 때문이다. 어미 누렁이는 놀라서 점박이를 당장 내려놓았다. 점박이는 죽는다고 엄살을 부렸다.

어미 누렁이는 왕왕거리며 텃밭으로 내뺐다. 그것이 목청 씨를 더 화나게 만들었다. 곧 뽑아야 할 김장 배추를 함부로 짓

밟으면 안 되기 때문이다.

"이놈, 냉큼 못 나오느냐?"

목청 씨가 빗자루를 흔들며 고래고래 소리 질렀다.

목청 씨는 바로 땜장이 노인이다. 버럭버럭 소리를 질러 대서 강아지들이 그렇게 부르는 것이다. 강아지들이 워낙 뺀질거리기는 했다. 어찌나 말썽을 부리는지 목청 씨로서는 큰 소리를 안 낼 수가 없었다.

강아지들은 떼로 몰려다니면서 일을 저질렀다. 신발을 물어뜯는 건 보통이고 할머니가 장독에 올려놓은 채반도 가만두지 않았다. 채반에 말리던 생선은 죄다 먹어 치웠고, 호박고지는 씹어 놓았다. 씹다가 싫증 나면 그 위에 똥을 누었다. 바람에 떨어진 빨래도 갖고 놀았고, 광에 들어가서 끈을 가지고 놀다가 목이 감겨 거의 죽을 뻔한 적도 있었다.

"큰놈이 안 보여! 내 누렁이가 없다고!"

어미 누렁이가 텃밭 가운데서 왕왕 짖었다. 그러나 목청 씨가 개의 말을 알아들을 리 없었다.

"기어이 부아를 돋우는구나!"

목청 씨도 질세라 빗자루를 들고 텃밭으로 들어갔다. 어미 누렁이는 다시 잽싸게 장독 뒤로 뛰었고, 마당으로, 텃밭으로, 광 쪽으로 피해 다녔다. 그러면서 끊임없이 떠들었다.

"큰놈 누렁이가 안 보인다니까! 왜 모른 척하느냔 말이야!"

검둥이 장발은 창문 밑에 쪼그려 앉은 채로 어미 누렁이와 목청 씨가 이리 뛰고 저리 뛰는 모양을 물끄러미 바라보았다.

'엄마가 화났다. 점박이처럼 안 물리게 조심해야 해.'

며칠 전에도 그랬다. 낯선 사람이 집 안까지 들어와서는 깔개를 밟고 냄새를 풍기더니 점박이 하나를 데려가 버렸다. 어미 누렁이는 그때도 화가 많이 났다.

장발은 이번에도 보았다. 아침에 목청 씨를 찾아온 남자가 새끼들 중에서 맏이 누렁이를 데려간 것을 말이다. 어미 누렁이가 할머니를 따라서 양계장에 간 사이였다.

장발은 낯선 남자에게서 나는 냄새가 싫었다. 남자는 불에 얼룩덜룩 그을린 구두를 신었는데, 낡은 구두에서 나는 냄새 때문에 장발은 머리가 지끈거렸다. 낯선 남자가 히죽 웃으며 다가왔을 때는 가슴이 답답해지면서 화가 나기도 했다. 그래서 몸을 웅크린 채 경계했다. 손이라도 내밀면 콱 물어 버리겠다고 생각하면서. 그런데 다행스럽게도 그 남자가 장발은 거들떠보지 않았던 것이다.

"킥킥킥. 꼬락서니들이 볼만하군!"

담장 위에서 소름 끼치는 웃음소리가 났다. 아주 기분 나쁜 쉰 목소리다. 장발은 고개를 쳐들고 담장을 노려보았다. 이웃집 담장에서 늙은 고양이가 이쪽 마당을 내려다보며 구경하고 있었다.

'못됐어. 소리도 안 내고 다니면서 흘끔거리다니. 아주 나쁜 버릇을 가진 고양이야.'

장발은 늙은 고양이를 향해 망망 짖었다. 그러자 늙은 고양이가 가소롭다는 듯 씨익 웃어 보였다. 눈이 가늘어지고 송곳니가 살짝 드러났다. 장발은 털이 곤두서는 걸 느꼈다. 장발은 늙은 고양이가 그렇게 웃는 것도 싫고, 담장을 따라 느릿느릿 움직일 때마다 줄무늬가 눈을 어지럽히는 것도 참 싫었다.

'누렁이를 데려간 남자도 저런 목소리를 냈어!'

장발이 앙칼지게 짖어 대자 늙은 고양이가 마치 할퀴려는 듯 앞발을 내젓더니 담장 너머로 사라졌다.

"에고, 그만 좀 하슈! 개나 사람이나 똑같네!"

할머니가 부엌에서 나오며 구시렁거렸다.

"뭐야? 개나 사람이나?"

목청 씨가 버럭 화를 냈다. 할머니는 못 들은 척하고 함지박에 앞치마와 똬리를 챙겼다. 시장에 나갈 채비를 하는 것이다. 할머니는 아침에 나갔다가 깜깜해져야 돌아오는데, 올 때마다 생선 부스러기를 가져와서는 개밥으로 삶아 주었다. 그래서 강아지들은 할머니 발소리만 나면 꼬리가 빠져라 흔들며 반겼다.

"새끼 판 돈은 꼭 저금해요. 머지않아 동이를 유치원 보낸다던데, 그때 얼마라도 해 줘야지. 명색이 할머니 할아버진데."

할머니가 함지박을 이고 나가며 말했다. 그러나 목청 씨는 코웃음을 쳤다.

"흥. 손자 놈 유치원 가는데 웬 돈? 우리가 뭔 덕을 봤다고? 가겟세도 밀렸고, 자전거 부품 들여놓은 값도 치러야 할 판인데……."

목청 씨는 마당비를 감나무에 기대 놓고 수돗가로 갔다. 그리고 함지박에 물을 가득 받아 철망 개집에 들여놓았다. 강아지들이 쫄랑쫄랑 뛰어가 함지박에 주둥이를 댔다. 어미 누렁이도 그 속에 끼었다. 그러나 장발은 어정쩡하니 일어나서는 지켜보기만 했다. 덩달아 끼어도 어미가 금방 밀어낼 걸 알기 때문이다. 형제들이 그러면 맞붙어 싸우겠지만 어미가 그럴 때는 잠시 물러나 있는 게 낫다.

장발은 어미가 자기를 싫어하는 것 같아서 슬펐다.

"도무지 깔끔하지가 않아. 개는 외모가 한몫인데……." 하고 어미가 혀를 차면 장발은 자기도 모르게 고개가 수그러들곤 했다. 털 때문이었다. 형제들과 달리 온통 까만 모습. 게다가 털이 자라고 자라서 이제는 눈두덩을 덮을 지경까지 된 것이다.

어미가 그러니까 형제들도 장발에게 함부로 굴 때가 많았다. 가까이 오지 못하게 했고, 같이 밥 먹는 것도 달가워하지 않았다. 그래서 장발은 다른 형제들보다 먹이를 빨리 채서, 덥석덥석 먹는 버릇이 생겨 버렸다.

휘익.

목청 씨의 휘파람 소리다. 장발은 곧 몸이 팽팽해지는 걸 느꼈다.

"자앙! 게으름 피우지 마라."

장발은 총총걸음으로 다가가 함지박에 주둥이를 넣었다. 그리고 할짝할짝 물을 먹었다. 목청 씨가 있으면 어미 누렁이도 장발을 집적거리지 못한다.

강아지들이 장난치다가 물 함지박을 엎기라도 하면 목을 축이는 건 이게 전부다. 할머니도 목청 씨도 어두워져야 돌아오기 때문이다.

"별스럽기도 해라. 넌 누구 차지가 될까……."

목청 씨가 장발의 등을 쓰다듬으며 중얼거렸다. 장발은 몸을 움츠리면서도 피하지 않았다. 목청 씨의 손이 투박하기는 해도 따뜻하기 때문이다.

목청 씨가 장발을 큰 소리로 부를 때는 '자앙!'이라고 한다. 그래도 장발은 저를 부르는 줄 알아들었다. 목청 씨가 그렇게 부르는 건 장발의 기다란 털 때문이었다. 윤기가 흐르는 검고 긴 털. 게다가 자랄수록 곱슬곱슬해서 장발은 다른 강아지들과는 확실히 달라 보였던 것이다. 털 때문에 붙은 별명일망정 강아지들 가운데 이름을 얻은 건 장발뿐이었다.

담장 위의
도둑

지난밤, 날씨가 차더니 하얗게 서리가 내렸다. 담장에도, 나뭇가지에도, 포기를 묶은 텃밭의 배추에도, 집 앞 논에 쌓아놓은 짚가리에도 하얗게 내렸다. 꼿꼿한 서릿발은 아침 햇살을 받아 차츰 녹으면서 눈부시게 빛났다.

감나무 꼭대기에 달린 감을 파먹으려고 까치가 날아왔다. 그러나 까치는 감보다는 담장 위를 보며 깍깍거렸다. 늙은 고양이가 일찌감치 담장에 기어 올라와 느릿느릿 걸어 다니고 있었기 때문이다.

"찬우 아버지. 조립한 자전거는 팔았어요?"

할머니가 함지박을 머리에 이며 물었다. 입마개를 하고도 할머니는 코를 훌쩍였고 코맹맹이 소리를 냈다. 목청 씨는 수건으로 자전거 의자에 앉은 서리를 털어 내며 퉁명스레 대꾸했다.

"자전거 빵꾸만 몇 개 때웠지. 조립한 것마다 죄다 팔리면 벌써 갑부 됐게. 임자만 나서면 얼마쯤 빼 줄 참이구먼……."

"너무 헐값에 팔아 치우지는 마요. 며칠 동안 눈 빠져라 들여다보면서 조립했잖우. 말 잘하는 임자한테 홀랑 넘길까 봐 걱정되네요. 당신은 귀가 얇아서."

"귀가 얇다고? 내가?"

목청 씨가 목소리를 높였다. 할머니는 얼른 입을 다물었다. 그러고는 함지박을 이고 총총걸음으로 대문을 나섰다.

"나락 때문에 동네에 쥐약 놓았대요. 개들 단속이나 잘 하고 나가슈!"

"내가 개 아범인가? 개 새끼들 단속이나 하게?"

목청 씨는 대문을 향해 수건까지 흔들며 툴툴거렸다. 그러
나 할머니는 벌써 나가고 없었다. 목청 씨는 개집을 보았다. 개
집에서 고개만 내밀고 구경하던 강아지들은 목청 씨와 눈이
마주치자마자 기가 죽어 물러났다.

"쥐약을 놓았다고? 그럼 위험하지."

목청 씨는 철망 개집 옆에 세워 두었던 널빤지 두 개를 꺼
냈다.

"암! 단속해야지. 얼마나 귀한 녀석들인데. 알토란 같은 주
머닛돈인걸!"

할머니한테 큰소리를 친 게 마음에 걸리는지 목청 씨는 대
문 쪽을 흘낏 보았다.

"젠장. 밤새 끙끙 앓고도 생선 팔러 나가야 한단 말이지. 아
들자식이 없나, 딸자식이 없나. 후! 할망구 팔자도 참 불쌍하네
그려."

목청 씨는 자전거 짐받이에 널빤지를 얹었다. 강아지들은 또 고개를 빼고 내다보았다. 어미 누렁이는 철망 바깥에 따로 있는 자기 집에서 몸을 반쯤 내놓은 채 졸고 있었다.

"누렁아! 정신 차리고 집 잘 봐라."

목청 씨가 철망을 치며 말했다. 어미 누렁이는 화들짝 놀라서 일어났고, 강아지들은 꼬리를 내리며 구석으로 물러났다. 목청 씨는 어미 누렁이의 목에 줄을 채웠다. 이건 목청 씨가 외출할 때마다 하는 일이다. 오래전부터 해 온 일이라 어미 누렁이도 순순히 따랐다.

"안주인은 몸살이 났는데도 장사하러 나갔다. 그러니 너희들은 집이라도 잘 봐야지. 알겠느냐?"

목청 씨가 비위가 뒤틀린 사람처럼 소리쳤다. 할머니가 아파도 쉴 수 없는 게 마치 개들 탓이라도 되는 듯 말이다. 그러나 어미 누렁이는 심드렁하게 받아넘겼다.

"귀청 떨어지겠네."

그러자 새끼 누렁이가 냉큼 흉내를 냈다.

"귀청 떨어지겠네."

"우왕! 감히, 버르장머리 없게시리!"

어미 누렁이가 냉큼 꾸짖었다. 새끼 누렁이는 깜짝 놀라서 깨앵 하며 입을 다물 수밖에 없었다. 강아지들은 꼬리를 내리고 눈치만 보았다. 목청 씨가 그 모양을 보고 허허 웃으며 혼잣말을 했다.

"새끼들한테 너무 큰소리칠 것 없다. 소용없느니라. 나도 그랬지만 오늘날 요 모양 아니냐……. 자식들은 말이야, 저 혼자 큰 줄 안다니까. 같이 살려고도 않지, 제 어미가 아파도 전화 한 통 없어……."

어미 누렁이는 목청 씨가 자전거를 끌고 대문께로 가는 걸 보면서 꼬리를 조금 흔들어 주었다. 다녀오라고 인사하는 것이다. 그래서 강아지들도 덩달아 꼬리를 흔들어 인사했다.

목청 씨는 대문 아래 틈이 가려지도록 널빤지를 세웠다. 대문이 두 쪽이라서 한쪽은 안에서 막아 돌멩이로 받쳐 두고, 밖으로 나간 뒤에 손을 넣어 다른 쪽 아래도 막았다.

목청 씨의 손이 조심스레 두 번째 널빤지를 세우는 동안 장발은 대문 바로 안쪽에 있었다. 그리고 자전거 바퀴가 돌아가며 내는 차르르 소리가 멀어질 때까지 귀를 쫑긋거렸다. 목청 씨가 대체 어디를 가는지 따라가 보고 싶다는 생각을 하면서.

장발은 감나무 아래로 갔다. 그리고 까치가 먹다가 떨어뜨린 깨진 감을 혀로 핥아 보았다. 살짝 얼어 있어서 시원했다.

"고양이도 배가 고프다."

담장 위에서 기분 나쁜 소리가 들렸다. 장발은 고개를 바짝 쳐들었다. 느끼한 냄새를 풍기며 늙은 고양이가 담장 위를 느릿느릿 돌아다니고 있었다.

어미 누렁이는 개집에 반쯤 몸을 걸치고 잠들어 있었다. 나이를 먹은 탓인지 어미는 밥만 먹으면 졸기 일쑤다. 형제 강아지들은 텃밭에서 숨바꼭질하느라 뛰어다니고 있었다.

"논마다 약을 뿌렸대. 나락을 거두고 나면 늘 그렇단다. 멍청한 사람들이 하는 짓이란! 쳇. 며칠 동안은 쥐새끼도 맘대로 못 먹게 됐으니. 아가야. 늙은 고양이가 불쌍하지 않니?"

늙은 고양이가 히죽 웃더니 담장에 납작 엎드렸다. 장발은 몸을 움찔했다. 늙은 고양이가 꼭 마당으로 뛰어내릴 것만 같아서였다.

"영감 부부도 나갔겠다, 너희들이 심심하겠구나. 내가 놀아 줄까?"

"망망망!"

장발은 어미에게 들리도록 짖어 댔다. 어미가 그르르릉 하고 겁주는 소리를 냈다. 텃밭에 있던 강아지들도 덩달아 짖어 댔다.

"뭐, 싫으면 말고……."

늙은 고양이가 담 저쪽으로 홀쩍 사라졌다. 장발은 늙은 고양이의 냄새가 남아 있는 담장을 보면서 계속 짖었다.

"시끄럽다! 공연히 단잠을 깨우는구나."

어미 누렁이가 퉁바리를 주었다. 장발은 입을 다물었다. 그래도 담장에 남아 있는 냄새는 내내 거슬렸다.

다시 감나무 밑을 어슬렁거리고 있는데 텃밭에서 싸우는

소리가 났다. 무슨 일인지 강아지들이 검은 점박이 하나를 떼로 공격하고 있는 것이다. 당하고 있는 점박이는 몸집이 작고 먹성도 좋지 않아 약해 빠진 막내였다.

장발은 장독대로 가서 또 망망 짖었다.

"너희들, 그러지 마."

"참견 마라. 외톨이 주제에."

형제들 중에서 가장 큰 누렁이가 쏘아붙였다. 형제들이 어떻게 했는지 막내 점박이는 쓰러진 채 다리를 핥으며 깨갱거리고 있었다. 다리에서 피가 나는 것 같았다.

"또 대들기만 해 봐. 다른 쪽도 깨물어 버릴 테니!"

누렁이가 으름장을 놓으며 텃밭에서 나왔다. 다른 형제들은 누렁이를 따랐고, 막내는 울면서 다리를 핥느라 밭에 남아 있었다. 누렁이가 덩치를 믿고 형제들에게 함부로 구는 건 이번이 처음도 아니다. 그래서 장발도 다른 흥밋거리를 찾았다.

장발은 감나무 밑에 있는 궤짝을 갉기 시작했다. 이빨이 근지럽기 때문이다. 형제들도 근지러운 이빨 때문에 뭔가를 물어뜯거나 갉아 대곤 한다. 점박이들은 철망을 물어뜯으며 시간을 보내기 일쑤였다. 하지만 누렁이는 다른 강아지들과 달리 신발 물어뜯는 걸 좋아해서 목청 씨에게 번번이 야단을 맞았다.

한창 궤짝을 갉아 대고 있는데 멀리서 음악 소리가 들려왔다. 교회에서 퍼져 나오는 소리라고 어미가 알려 준 적이 있다. 그 소리를 따라갔다가 아버지를 만났다고 어미가 말했다.

"나도 저 소리를 따라가 보고 싶다."

장발은 소리가 들리는 쪽을 보면서 중얼거렸다.

누렁이는 바람에 떨어진 빨래를 물어뜯기 시작했고, 점박이들은 서로 얼굴을 핥아 주고 있었다. 어미 누렁이는 곤하게 자고 있었다. 마당에 따뜻한 햇살이 가득 차 있는 조용한 한낮이었다.

"깨앵!"

갑자기 비명 소리가 났다. 모두 놀라서 텃밭을 보았다. 바로 그때였다. 늙은 고양이가 배추들 사이에서 날렵하게 빠져나오더니 담장으로 뛰어올랐다.

"컹컹컹! 무슨 일이냐!"

잠에서 깬 어미 누렁이가 마구 짖었다. 목줄이 팽팽해지도록 잡아당기면서 말이다. 그러나 목줄 때문에 달려가 볼 수는 없었다.

장발은 맨 먼저 텃밭으로 내달렸다. 막내의 비명 소리였던 것이다. 곧이어 다른 형제들도 텃밭으로 내려왔다. 막내는 밭고랑에 쓰러져 있었다.

"일어나."

장발은 막내에게 다가가 얼굴을 핥아 주었다. 그러나 막내는 힘없이 눈을 뜨고 장발을 한 번 보았을 뿐이다. 장발은 얼굴을 찡그렸다. 늙은 고양이의 느끼한 냄새.

막내의 목에서는 피가 흘렀고 상처가 심했다.

"엄마! 엄마!"

"막내가 다쳤어!"

"고양이가 그랬어!"

형제들은 어쩔 줄 몰라 울음을 터뜨렸다. 어미 누렁이가 버둥거리며 짖어 댔다. 그러나 묶여 있어서 이리 뛰고 저리 뛰며 개집 주변을 뱅뱅 돌기만 할 뿐이었다.

"핥아 주어라! 이리 데려와!"

어미 누렁이가 줄이 끊어져라 목을 당기며 외쳤다. 그러나 강아지들 누구도 어미처럼 할 수는 없었다. 그저 안타까워서 발만 동동 구를 뿐이었다.

"캉캉! 막내가 못 일어나."

"망망! 엄마가 와야 돼!"

"얘야! 어미한테 오렴⋯⋯."

어찌나 줄을 당겨 대는지 어미 누렁이의 목은 끊어져 버릴 것만 같았다. 어미는 혀를 길게 빼물고 거칠게 쌕쌕거렸다. 어미가 날뛸 때마다 쇠로 된 줄은 덜커덩거렸고, 개집은 움찔거렸다. 하지만 개집은 쇠로 단단히 고정되어 있었다.

막내는 숨을 할딱거리며 괴로워했다. 신음과 함께 눈물이 흘러내렸다. 혼자 신음하던 막내는 힘없이 눈을 감았고, 끝내 움직이지 않았다.

"워어어어어!"

어미 누렁이가 구슬피 울었다. 줄에 목이 붙들린 채로 하늘을 보면서.

장발은 눈물이 그렁그렁한 눈으로 담장 위를 보았다. 늙은 고양이가 시침을 뚝 떼고 엎드려 있었다. 기다란 혓바닥으로 입가를 쓰윽 닦으면서 말이다.

"망망! 정말 못됐어!"

장발은 울면서 짖었다.

"야오옹. 왜 내 탓만 하지? 다쳐서 냄새를 피운 건 내가 아니야."

늙은 고양이는 천천히 일어나 담장 위를 걸어 다녔다. 막내를 어떻게 해 보고 싶어서 떠나지 못하는 것 같았다. 장발은 늙은 고양이의 줄무늬 때문에 어질어질했다.

"워어어어어……."

어미 누렁이가 또 한 번 하늘을 보면서 울었다. 마치 위로하려는 듯 교회에서 음악 소리가 고즈넉하게 울려 퍼졌다.

슬픈 저녁이 찾아왔다. 막내 검은 점박이가 감나무 아래에 묻히고 나서 조금 뒤에 이웃 아주머니가 다녀갔다. 그리고 점박이 한 마리가 또 사라졌다.

달콤한 친구

밤새 눈이 소복하게 내렸다.

장발은 일찌감치 일어나 눈 위에 발자국을 찍으며 돌아다녔다. 발바닥이 어찌나 간지러운지 얌전히 걸을 수가 없었다. 그래서 눈 쌓인 텃밭을 깔깔대며 온통 헤집고 다녔다.

텅 빈 감나무에서 까치가 울었다. 추운 날씨 때문인지 까치 소리는 맑고 높게 울려 퍼졌다.

까치가 포르르 날아서 개집 앞으로 내려왔다. 그리고 말끔하게 비워진 개 밥그릇을 쪼아 보았다. 하지만 밥알 하나도 남지 않았다는 걸 알고는 아쉬운 듯 주변을 두리번거리다 감나무로 다시 날아올랐다. 요즘은 먹이를 구하기 어려워서 까치는 개 밥그릇에서 눈치껏 배를 채우곤 했다.

창문이 드르륵 열렸다. 그리고 주름진 목청 씨와 아이 얼굴이 나타났다. 아이는 어젯밤 늦게 도착한 목청 씨의 손자 동이였다.

"와아! 눈이다!"

"그래! 푸짐하게 내렸구나!"

동이가 손뼉을 짝짝 치자 목청 씨도 따라서 했다. 동이는 금방 문을 열고 나타났다. 그 바람에 쪼그려 앉아 있던 새끼 누렁이가 벌떡 일어나 물러났다. 누렁이는 문틈으로 앙증맞은 신발 하나를 물어 내서 놀고 있었던 것이다.

"어? 내 신발……."

동이 얼굴이 찡그려졌다. 누렁이가 잘근잘근 씹고 있던 작은 구두. 발등이 너덜너덜해진 구두를 마저 뜯고 싶어서 누렁이는 물러나서도 구두에서 입을 떼지 못했다.

"내 신발⋯⋯."

동이가 울상을 하고 누렁이를 가리켰다. 그러자 누렁이가 동이 손을 핥으려고 꼬리를 흔들며 다가갔다. 동이는 얼굴이 빨개진 채 다리를 뻗대고 와앙! 울음을 터뜨렸다. 그러자 누렁이가 껑중껑중 뛰면서 동이 가슴에 앞발을 올리고 장난을 걸었다.

"왜 그랬어!"

동이가 악을 쓰며 주먹을 꼭 쥐었다. 그리고 누렁이 볼따구니를 냅다 후려쳤다. 누렁이는 깨옹! 하며 납작 엎드렸다. 그 바람에 장발과 점박이도 멈칫했다.

"그럴 줄 알았지! 쌤통이다!"

점박이가 깔깔대고 고소해했다. 누렁이가 얻어맞는 걸 처음 보았기 때문이다. 하지만 누렁이가 째려보는 바람에 점박이는 철망 물어뜯던 짓을 계속했다.

장발은 누렁이가 걱정돼서 슬금슬금 다가갔다. 다쳤으면 핥아 주려고 말이다. 막내 생각이 났던 것이다. 장발은 막내가 떠오를 때마다 더 핥아 주고 보살펴 주었으면 안 죽었을지도 모른다는 생각을 하곤 했다.

"물어내! 물어내!"

작은 발을 동동 구르며 동이가 빽빽 울어 댔다.

놀란 식구들이 안에서 죄다 나왔다. 목청 씨가 맨 먼저 나왔고, 동이 엄마가 따라 나왔다. 할머니는 부엌에서 국자를 들고 나왔고, 동이 아빠는 막 잠에서 깬 듯한 얼굴로 나타났다.

목청 씨가 너덜너덜해진 동이 구두를 발견했다.

"이놈돌이……."

목청 씨가 눈을 부라리더니 당장 마당으로 내려섰다. 그러고는 빗자루를 집어 들었다. 누렁이는 꼬리를 바짝 내리고 뒷걸음질을 쳤다.

"망망! 도망쳐!"

장발은 앞발을 구르며 짖었다. 덩치답게 누렁이는 성큼성큼 뛰어 잽싸게 달아났다. 목청 씨가 빗자루를 휘두르며 뒤따랐지만 누렁이는 장독을 지나 텃밭으로 내려갔고, 대문 밑을 빠져나가 밖으로 줄행랑을 놓았다.

목청 씨는 화가 나서 식식거리며 돌아왔다. 하얗게 입김을 뿜으면서, 그러더니 별안간 장발을 후려쳤다.

"새 구두를 씹어 놓으면 어쩌란 말이냐!"

빗자루가 장발의 등짝을 사정없이 할퀴었다.

"깨갱! 난 아냐!"

장발은 놀라서 내뺐다. 억울하고 어이가 없었다. 맞기 싫어서 달아나기는 했지만 장발은 서러워서 자꾸만 뒤를 보았다. 목청 씨는 아직도 빗자루를 들고 으르는 중이었다.

"할아버지, 누렁이가 그랬어……."

동이가 코를 훌쩍이며 말했다. 그 말을 듣고도 목청 씨는 미안하다고 하지 않았다. 그저 빗자루로 눈을 쓸기 시작했을 뿐이다. "고얀 놈……. 왜 신발 물어뜯는 버릇은 배워 가지고." 하면서.

장발은 등이 화끈하고 서러워서 목을 늘어뜨린 채 집으로 갔다. 목청 씨를 도무지 알 수가 없다고 생각하면서 말이다. 어떤 때는 아주 예뻐해 주는 것 같은데, 어떤 때는 식구들이 그러는 것처럼 외톨이 취급을 하기 때문이다.

'변덕쟁이야. 버럭버럭 소리 지를 때는 아예 가까이 가지 말아야지……'

아침을 먹고 나서 목청 씨는 밖으로 나갔다. 동이에게 신발을 사 주려고 한 것이다. 그러나 새해 첫날이라 신발 가게가 문을 닫은 바람에 그냥 돌아왔다.

"새 구두를 먹어 치우고도 밥이 넘어가느냐?"

떡국을 훌떡훌떡 먹고 있는 새끼 누렁이를 보면서 목청 씨가 한마디 했다. 그러거나 말거나 누렁이는 밥그릇에서 입을 떼지 않았다. 목을 끌어내기 전에는 먹이를 절대로 빼앗기지 않는 게 바로 누렁이다.

"애들이 그렇지 뭐. 뭔가를 배우기 전에는 실수도 하는 법이라고. 특히 개들은 이빨을 다듬어야만 해. 조상 대대로 그래

온걸."

어미 누렁이가 모처럼 얻은 뼈다귀를 갉으며 중얼거렸다.

장발은 적당히 배를 채운 뒤 양지 바른 곳에 엎드렸다. 점박이가 놀자고 장난을 걸어도 들은 척을 안 했다. 목청 씨의 커다란 털신을 꿰신고 동이가 다가왔다. 장발은 조금 긴장했지만 피하지는 않았다.

"사자 같다."

동이가 장발을 빤히 보며 말했다. 장발은 엎드린 채 동이를 쳐다보았다. 앞을 가리는 털 때문에 눈을 깜빡거려야만 했다. 동이는 눈이 반짝거리고 뺨이 발그레한 아이였다.

"머리가 길잖아. 너무 길어."

동이가 쪼그려 앉더니 장발의 머리를 쓰다듬었다. 등을 쓰다듬고, 다리를 만지고, 덥수룩한 털을 헤치고 눈을 들여다보기도 했다. 동이한테서는 달콤한 냄새가 났다. 동이가 주머니를 뒤적이더니 무얼 꺼내서 내밀었다.

"먹어. 초콜릿이야."

장발은 코를 벌름거리다가 작고 동그란 것을 날름 먹었다. 처음 먹어 보는 맛난 거였다. 그런데 너무 적었다. 장발은 냄새가 남아 있는 동이의 손바닥을 핥고 또 핥았다.

"야아, 간지러워. 간지럽다니까."

장발은 깔깔 웃는 동이가 참 좋았다. 목청 씨와 달리 나긋나긋한 목소리가 마음에 들었고, 작고 달콤한 손이 정답다고 생각했다.

동이는 커다란 털신을 끌고 어정어정 걸어가 빗을 가져오더니 장발의 긴 털을 빗겨 주었다. 그리고 눈을 덮고 있던 긴 털을 옆으로 모으고는 빨래집게를 가져다가 집어 주었다.

'하하. 간질간질하고 시원하다.'

장발은 눈을 지그시 감고 기분 좋게 엎드려 있었다.

"망망. 나도 그렇게 해 주라."

"나도 나도. 개보다는 내가 낫지! 걘 지저분한걸."

"맞아, 걘 외톨이야."

점박이와 누렁이가 샘나서 주변을 얼쩡거렸다. 같잖게 뒹굴기도 하고, 괜히 깡충 뛰기도 하면서 말이다. 그러나 동이는 장발의 긴 털을 만지는 게 좋은지 다른 강아지들은 거들떠보지도 않았다.

"동아, 집에 가야지."

동이 아빠가 동이를 번쩍 들어 안았다. 신발이 없기 때문이었다. 동이 엄마는 양손에 가득 꾸러미를 들고 나섰다. 올 때는 가방이 달랑 하나뿐이었는데.

목청 씨는 부루퉁한 얼굴로 중얼거리기만 했다.

"괜히 와서 새 구두만 못 쓰게 되고……. 이렇게 금방 갈 거 뭐 있어. 애 신발이나 사면 신겨 가지고 가도 될걸……."

목청 씨의 말이 안 들리는지 모두 아무 말이 없었다. 동이 아빠도 엄마도 잠자코 대문 쪽으로 갔을 뿐이다. 할머니는 보퉁이를 들고 뒤따라갔다. 마지못해 목청 씨가 맨 뒤를 따랐다. 그러나 대문 앞에서 걸음을 멈추었다.

"아버님. 안녕히 계세요. 또 올게요."

동이 엄마가 먼저 말하고 돌아섰다. 동이 아빠는 인사도 없이 대문을 나섰다. 아빠에게 안긴 채로 동이가 손을 흔들었다.

"장발아, 안녕."

"망망! 가지 마. 나랑 더 노올자."

장발은 동이 아빠의 발치에 바싹 붙어서 따라가며 아쉬워했다. 대문을 나선 뒤부터는 동이 아빠의 발치께와 목청 씨가 있는 곳을 잰걸음으로 오락가락했다. 그러다가 꾸웅 소리를 내며 멈추었다. 동이 아빠의 발걸음이 너무나 빨리 멀어졌던 것이다.

"늙으면 서러운 게 많아. 그래도 어쩌겠나. 찬우도 일이 잘 풀리면 어미 애비 모른 척할 리 없을걸. 언젠가는 같이 살자고 하겠지. 에고, 또 쓸데없는 생각. 해 준 것도 없이, 바라기만 하는 건 욕심이야……."

장발은 목청 씨가 한숨을 포옥 쉬는 걸 보았다. 목청 씨의 어깨가 수그러들고 등이 구부정해지는 것처럼 보였다.

"집이 한참 휑하겠구나. 자주 오지도 않는데. 어린것이 눈에 밟혀서 우짤꼬……."

목청 씨가 다시 빗자루를 들었다. 그리고 마당을 쓸기 시작했다. 아까 눈을 다 치웠으면서 쓸고 또 쓸고.

"컹컹컹."

갑자기 어미 누렁이가 긴장을 했다. 조금 뒤 옆집 아주머니가 들어섰다. 할머니가 있을 때마다 자주 들락거리는 이웃이다.

"영주 아버지. 깨끗한데도 비질하시네요. 그러다 마당에서 광나겠어요."

아주머니가 웃으며 말을 건넸다. 목청 씨는 머쓱했는지 빗자루를 얼른 감나무에 기대 놓았다.

장발은 아주머니한테 가서 바짓가랑이에 코를 대고 큼큼거렸다. 구수한 한약 냄새가 났다. 침술원 사람이라서 이런 냄새가 나는 것이다.

"누렁이, 저한테 파세요. 값은 잘해 드릴게요."

아주머니가 새끼 누렁이를 빤히 보면서 말했다. 그 소리에 새끼 누렁이는 귀를 쫑긋 세우고 짖었다. 점박이도 덩달아 짖었다. 어미 누렁이는 더욱더 큰 소리로 짖어 댔다. 결국 누렁이도 팔리게 되는 모양이다. 팔린다는 건 이 집을 떠나서 다시 오지 않는다는 뜻이다.

"어딜, 누렁이는 안 되지."

목청 씨가 고개를 저었다.

장발은 저도 모르게 목청 씨를 올려다보았다. 누렁이를 만날 야단쳐서 싫어하는 줄 알았는데 그게 아닌 모양이다. 그럼 누구를 팔 수 있다는 것일까. 장발은 별안간 털이 쭈뼛 서는 느낌이었다.

"씨 어미로 키우시게요?"

"그래야. 그중 실한 놈인데."

"저도 누렁이가 마음에 들어서요."

"그래도 안 돼. 어미가 이젠 늙어서."

목청 씨가 점박이와 장발을 번갈아 보면서 말했다. 장발은 몸이 저절로 움츠러드는 것 같았다. 우울하고 슬픈 기분이었다. 어깨를 늘어뜨린 채 장발은 느릿느릿 철망 안으로 들어갔다.

수상한 먹이

"어린것들은 자라고, 늙은이들은 지쳤어. 겨울이 뭘 감추고 있는지 겪어 봐야 안다니까. 겨울은 비밀이 많지."

담장 위에서 늙은 고양이가 중얼거렸다. 몸은 더욱 느려지고 목소리도 기운이 없었다. 겨울나기가 힘들었는지 바짝 야윈 모습이었다.

"캉캉! 이쪽으로는 얼씬도 마요."

장발은 따끔하게 말해 두었다. 담장 위에 있으면서도 늙은 고양이는 움찔했다. 겨울을 나면서 강아지들이 부쩍 컸던 것이다.

"겨울이 네게도 뭔가 일을 저질렀구나."

늙은 고양이가 눈을 갸름하게 뜨고 말했다.

"일을 저질러요? 나한테요?"

"그래, 너한테. 봐라. 네 몸이 달라졌잖니? 이상한 일이군. 너 같은 개는 내 평생 처음 본단 말이야."

장발은 늙은 고양이가 고개를 갸웃거리는 게 마음에 걸렸다. 겨울이 무슨 일을 저질렀다는 것일까. 엄마도 아무 말이 없었는데, 곁에 오는 걸 더 싫어하기는 했어도 말이다.

"이봐, 누렁이. 걔 아범은 대체 누구였어?"

늙은 고양이가 목을 빼고 어미 누렁이에게 물었다.

"컹컹! 엉큼한 것! 또 무슨 수작을 걸려고 흰소릴 하누."

어미 누렁이가 눈을 치뜨고 경계를 했다.

"킥킥킥. 온통 까맣고 덥수룩한 것도 요상했는데, 이제는 흰 털까지 생겼구나. 다 크지도 못하고 늙어 버릴 셈인가? 대체 겨울이 네게 무슨 짓을 한 거지?"

"흰 털?"

장발은 자기의 몸을 살펴보았다. 구불거리고 기다란 털이 먼지 때문에 뿌예 보였다. 온종일 쏘다녀서 뭐가 묻었다고 생각했는데 그게 아닌가 보다.

"틀림없어. 겨울이 네게 무슨 짓을 한 거야."

"무슨 짓이 뭔데요?"

"쯧쯧, 어리석기는! 그걸 꼭 내 입으로 말하란 말이냐?"

"쓸데없는 말이 아니라면, 가르쳐 줄래요?"

"쓸데없는 말? 맹랑한 대꾸로군! 땅바닥만 보고 사는 애들은 어쩔 수가 없다니까."

"크르르릉! 입 다물고 썩 꺼져라!"

어미 누렁이가 무섭게 쏘아붙였다. 그러나 사납게 굴어 봤자 담장까지는 어쩔 수 없다는 걸 아는지 늙은 고양이는 천천히 걸어서 담장 끝까지 갔다. 그러더니 입을 쩌억 벌리며 하품

했다. 둥글게 구부렸던 몸을 길게 늘였다. 늙었어도 이빨은 여전히 뾰족하고 몸은 부드러워 보였다.

"신경질 부릴 거 없어. 겨울이 하는 일은 틀림없는걸. 너희 영감도 골골하더니 새벽같이 병원 갔잖아. 담장 위로 다니다 보면 웬만한 동네 사정은 꿰차게 마련이지!"

"오지랖도 넓구나. 저 주둥이를 어찌할꼬!"

어미 누렁이가 당장 뛰어나가며 짖었다. 그러나 덜커덕 소리와 함께 목줄만 팽팽해졌다. 그때 담장 너머에서 "나비야, 밥 먹어야지." 하는 소리가 들렸다.

"암, 먹어야지. 꼭꼭 씹어서."

늙은 고양이가 히죽 웃더니 슬그머니 사라졌다.

장발은 목청 씨의 자전거 밑으로 가서 엎드렸다. 늙은 고양이 말이 거슬렸다.

'겨울은 왜 무슨 짓을 저지르는 걸까?'

장발은 앞발을 내밀고 살폈다. 원래 있던 털 속에 드문드문 색깔 다른 털이 뒤섞여 있었다. 언제부터 이렇게 달라졌는지 모르겠다. 장발은 혀로 털을 골고루 핥아 보았다. 맛은 다르지 않았다.

장발은 어미에게 다가갔다.

"엄마, 난 왜 이렇게 됐을까요?"

어미 누렁이는 엎드린 채 눈도 꿈쩍이지 않았다.

"신경 쓸 거 없다."

"난 확실히 변한 것 같아. 겨울이 나한테 정말 무슨 짓을 했어요?"

"도둑괭이 말은 털어 버려라. 신경 쓸 거 없다고. 넌 그냥 너야. 아무것도 달라지지 않았어."

"털 색깔이……."

어미 누렁이가 눈을 찡그렸다. 장발은 어미를 불편하게 만든 것 같아서 주눅이 들었지만 눈치를 보면서 머뭇거렸다.

"네가 유별난 건, 으음……, 우리가 여러 조상을 두었기 때문이다."

"여러 조상?"

장발이 고개를 갸웃하자 어미 누렁이도 고개를 갸웃했다. 그러나 곧 헛기침을 했다.

"조상이 여럿이니 후손도 각각이지. 넌 아직 어려서 모를 거다. 내 생각에는, 으음, 그러니까 네가 삽사리 조상을 닮은 것 같아."

"삽사리는 털이 이렇게……."

"이 철딱서니야. 목청 씨가 병원에 갔잖니. 식구라면 조용히 기다려 주는 게 도리야. 그게 밥값을 하는 거란 말이다."

장발은 더 물을 수가 없었다. 어미가 눈을 딱 감아 버렸기 때문이다. 이만큼이나 대답을 해 준 것도 전에 없던 일이다.

장발은 시무룩해서 다시 자전거 밑으로 갔다.

며칠 동안 목청 씨가 몹시 아팠다. 할머니는 간호하느라 생선 장사를 못 나갔고, 그래서 개집 식구들은 생선이 빠진 멀건 밥만 먹었던 것이다. 목청 씨는 아침마다 마당을 쓸지 못했고, 아침마다 타고 나가던 자전거도 세워 두었다. 화단도 가꾸지 못했고, 채소를 심어야 할 텃밭도 일구다가 말았다.

'삽사리라고? 하지만 털이 전 같지 않은걸. 목청 씨도 그랬어. 몸뚱이가 전 같지 않다고 말이야. 그러면서 아팠다고……'

장발은 빨랫줄에 걸린 동이의 바지를 올려다보았다. 며칠 전에 동이가 왔었다. 목청 씨가 아파서 아들과 딸 가족이 문병 왔던 것이다. 그날도 동이는 장발하고만 놀았다. 마당과 텃밭을 쏘다니고 물장난을 하면서. 바지를 적셨다고 동이 엄마가 잔소리만 안 했어도 더 놀았을 것이다.

동이는 갈 때 목청 씨가 사다 놓았던 운동화를 신고 갔다. 누렁이가 물어뜯을까 봐 신발장 높이 올려 두었던 빨간 운동화. 그 운동화를 사 오던 날 목청 씨는 양손에 신발을 하나씩 들고 콧노래를 흥얼거렸다. 마치 동이를 안고 어르듯이 덩실대면서 말이다. 할머니가 들어서자 당장 멈추고 시침을 떼기는 했지만.

"배고프다. 왜 아무도 안 오지?"

"배고파. 온종일 굶었는데."

점박이와 누렁이가 빈 밥그릇을 핥으며 중얼거렸다. 물 함지박도 바싹 말라서 목도 축일 수가 없었다.

"엄마, 할머니는 언제 와?"

점박이가 어미 누렁이 곁으로 가서 칭얼거렸다. 그러나 어미는 눈도 뜨지 않았다. 밥 먹을 때 말고는 엎드려만 있는 게 요즘 어미의 일이다.

'겨울이 엄마한테도 무슨 짓을 저질렀나 봐.'

장발은 대문께로 어슬렁어슬렁 걸어갔다. 그런데 문득 묘한 냄새가 났다. 언젠가 이런 냄새를 맡았던 것 같았다.

장발은 귀를 쫑긋 세우고 대문으로 다가가 틈바구니에 주둥이를 내밀고 킁킁거렸다.

낯선 냄새와 자전거가 내는 차르르 소리. 장발은 목청 씨의 자전거를 돌아다보았다. 이건 목청 씨의 자전거 소리가 아니다. 누렁이도 그걸 느낀 듯했다. 곧이어 점박이도 귀를 쫑긋거리며 다가왔다.

"멍멍! 먹이다!"

누렁이가 먼저 짖었다. 곧이어 점박이도 짖었다. 어미 누렁이도 눈을 뜨고 부스스 몸을 일으켰다. 장발은 머리가 지끈거리고 가슴이 갑갑해지는 걸 느꼈다. 가끔 이런 소리를 내면서 낯선 자전거가 대문 앞을 지나가기도 한다. 그때마다 짖기도 하지만 이렇지는 않았다. 이번에는 뭔가 분명히 달랐다.

자전거가 멎고 발소리가 났다. 낯선 발소리. 낯선 냄새가 강해질수록 장발은 가만히 있을 수가 없었다.

"캉캉! 수상해. 역겨운 냄새야."

장발은 고개를 갸웃거리며 오락가락했다. 점박이와 누렁이도 코를 벌름거리며 서성거렸다. 어미 누렁이도 입맛을 다시며 줄을 팽팽히 당겼다. 쇠로 된 목줄이 개집에 부딪힐 때마다 덜그럭덜그럭 소리가 났다. 낯선 냄새와 낯선 발소리는 점점 다가왔고, 그것을 느낄수록 장발의 움직임은 빨라졌다. 점박이와 누렁이는 경중경중 뛰기까지 했다. 어미 누렁이도 쇠로 된 목줄을 덜그럭거리며 움직였다. 낯선 냄새 속에는 확실히 구수한 먹이 냄새도 섞여 있었다.

턱!

별안간 담장 너머에서 웬 꾸러미가 떨어졌다. 어미 누렁이의 집 앞에 정확하게. 놀랍게도 그것은 고깃덩어리였다.

혼자서 집으로

"캉캉! 수상한 냄새야!"

장발은 먹이에 코를 대 보고는 물러났다. 고기라서 바짝 군침이 돌기는 했다. 하마터면 덥석 물기부터 할 뻔했다. 그러나 퍼뜩, 조심해야겠다는 생각이 들었다. 고깃덩어리에 묻어 있는 냄새. 언젠가 틀림없이 이 냄새를 맡았던 것 같았다. 머리를 아프게 하고, 털을 곤두서게 했던 냄새.

어미 누렁이도 그르렁거리며 고깃덩어리의 냄새부터 맡았다. 점박이와 누렁이는 어서 한 입 먹고 싶어서 안달이었다. 그러나 어미 때문에 섣불리 주둥이를 대지 못했다.

"냄새가 조금 나기는 하는구나. 상했나?"

어미 누렁이가 코를 벌름거리며 고깃덩어리를 건드렸다. 그러자 점박이와 누렁이가 바짝 다가들었다. 어미가 무섭게 쩨려보지 않았다면 당장 고깃덩어리를 물었을 것이다.

"엄마, 배고픈데 왜 망설여요?"

"당장 먹게 해 줘요. 배가 다 쪼그라들었는걸!"

점박이와 누렁이가 참다못해 앙앙거렸다. 정말이지 모두 배가 고팠다. 너무나 허기져서 눈이 돌 지경이었다. 목청 씨와 할머니가 허겁지겁 집을 떠난 뒤부터 물 한 모금 삼키지 못했던 것이다.

"그래. 이것저것 가릴 처지가 아니지."

어미 누렁이가 먼저 고깃덩어리를 물었다.

"어, 엄마!"

장발은 어째야 좋을지 몰라서 앞발을 내밀고 짖어 댔다. 그러나 어미는 들은 체도 안 했다. 어미가 이빨로 고기 뜯는 걸 보자 장발도 침이 꼴깍 넘어가는 건 어쩔 수가 없었다. 어젯밤부터 비었던 배가 꼬이듯이 아팠다.

"엄마, 나도!"

점박이와 누렁이도 먹이에 달라붙었다. 고깃덩어리를 서로 물고, 잡아당기고, 으르렁거리는 동안 장발은 식구들의 주변을 돌면서 쩔쩔맸다. 먹고 싶어서 침이 저절로 흘렀고, 낯선 냄새 때문에 머리가 콕콕 쑤셨다.

조금도 양보하지 않고 식구들은 고깃덩어리를 먹어 치웠다. 그러고도 양이 차지 않아서 모두들 땅바닥을 살폈다. 장발은 침을 흘리며 덩달아 쿵쿵거렸다.

'나도 조금 먹을걸! 다들 아무렇지도 않잖아.'

장발은 후회가 되었다. 배 속이 쪼르륵거려서 견딜 수가 없었다. 한 입만 먹었어도 이렇게 속이 휑하지 않을 텐데.

기운이 나서 경중거리는 식구들을 보자 장발은 그만 주눅이 들었다. 쓸데없는 의심 때문에 아까운 먹이를 놓치다니. 바보 같은 짓을 했다는 생각이 들면서 머리가 핑그르르 도는 것만 같았다.

장발은 시무룩해서 목청 씨의 자전거 밑으로 갔다. 그리고 몸을 동그랗게 말고 엎드렸다. 식구들이 몸을 맞대고 엎드려 있는 것을 보자 부럽고 서러웠다.

'한 점만 삼켰어도……'

소용도 없는 침을 꿀꺽 삼키며 장발은 눈을 감았다.

'잠이나 자 두자. 자고 일어나면 어두워져 있겠지. 할머니도 와 있을 거야. 된장국에 밥을 말아 주면……. 아, 먹이 생각은 말아야지. 잠이 달아나겠어.'

스르륵.

대문이 열렸다. 장발이 놀라서 고개를 들었을 때는 대문 안으로 벌써 누가 들어서고 있었다. 목청 씨처럼 커다란 자전거를 끌고서.

"컹컹! 누구세요?"

장발은 놀라서 짖었다.

"컹컹! 엄마! 낯선 사람이야!"

어미 누렁이가 듣도록 장발은 큰 소리를 냈다. 그런데 이상하게도 식구들이 들은 체를 안 했다. 고개도 들지 않았고, 어떤 소리도 내지 않았다. 장발은 나쁜 일이 일어났다는 걸 단박에 깨달았다.

장발은 달려가서 어미를 건드렸다. 그러나 소용없었다. 식구들은 한밤중처럼 코를 골며 잠들어 있는 게 아닌가. 장발은 뒷걸음질하며 목청껏 짖었다.

"이런! 저 녀석은 아예 입도 안 댄 모양이군."

낯선 남자가 퉁명스레 내뱉었다.

"컹! 저 목소리……."

장발은 목털을 곤두세우고 짖었다. 불에 얼룩덜룩 그을린 낡은 구두가 떠오른 것이다. 구두에서 나는 냄새 때문에 머리가 지끈거렸던 것이랑 점박이를 데려간 것도 기억해 냈다. 그날은 목청 씨가 있었고 오늘은 없는데 왜 왔을까.

"캉캉! 나가요! 지금은 사람들이 집에 없거든요!"

"젠장. 얌전히 데려가기는 글렀군."

장발을 힐끗 보면서 남자가 자전거를 세웠다. 그리고 짐받이에 얹혀 있는 철망 상자를 열었다. 장발은 무섭고 불안했다. 그래서 미친 듯이 짖어 댔다. 장발이 이리 뛰고 저리 뛰면서 난리를 치는데도 낯선 남자는 조금도 망설이지 않고 행동했다. 철망을 열고 어미 누렁이를 들어다 넣은 것이다. 그렇게 하는데도 어미는 죽은 듯이 늘어져서 눈도 뜨지 못했다.

"그러지 마! 뭐 하는 거야?"

"쩝. 보기보다 말랐군. 너무 늙었어. 미끼 값도 못 건지는 거 아닌지. 새끼들이라도 제값을 받아야 될 텐데……."

낯선 남자는 조금도 서두르지 않고 움직였다. 마치 사람들이 나가고 없는 것을 알고 온 듯했다. 남자가 이번에는 누렁이를 들어다 철망에 넣었다. 장발은 벼락같이 짖으며 달려갔다. 그리고 남자의 팔뚝을 콱 물었다.

"어이쿠! 이놈이……."

낯선 남자가 화들짝 놀라며 장발의 머리를 주먹으로 쳤다. 어찌나 아픈지 장발은 바로 나가떨어졌다. 하지만 벌떡 일어나 다시 달려들었다. 그러자 낯선 남자는 어미가 차고 있던 목줄을 치켜들었다.

"보통내기가 아닌걸! 역시 삽살개 피를 받았구나. 어쩐지……. 오냐, 기어이 널 데려가마."

장발은 목이 터져라 악을 썼다. 어서 빨리 목청 씨가 와 주기를 간절히 바라면서 짖고 또 짖어 댔다. 낯선 남자는 한 손으로는 쇠 목줄을 흔들며 한 손으로는 점박이 목덜미를 우악스레 움켜쥐었다. 점박이가 축 늘어져 질질 끌려가는 모습은 비참해 보이기까지 했다.

장발은 요란하게 짖으며 달려들었다. 그러나 낯선 남자가 빨랐다. 장발이 옆구리를 걷어채고 나동그라진 것이다. 점박이마저 철망에 욱여넣어졌다. 식구들이 몽땅 꼼짝없이 좁은 철망에 갇혀 버렸다.

"캉캉! 엄마! 일어나! 눈을 떠!"

장발은 울부짖었다. 무섭고 무서웠다. 낯선 남자가 목줄을 끌면서 장발에게 다가왔다. 드르륵드르륵 소리가 가슴을 긁어 대는 것만 같아서 장발은 견딜 수가 없었다. 몸이 불처럼 뜨거워졌고 머리가 지끈거렸다.

"이리 와라. 응? 착하지……."

낯선 남자가 누런 이빨을 보이며 웃었다. 장발은 몸을 낮추는 척하다가 쏘듯이 달려들었다. 그리고 남자의 발목을 물었다. 남자가 비명을 지르며 엉덩방아를 찧었다. 남자가 또다시 장발을 후려쳤다. 머리가 깨질 것만 같았다. 그래도 장발은 남자의 발목을 놓지 않았다. 남자는 찢기라도 할 것처럼 두 손으로 장발의 입을 억지로 벌렸다. 그러면서 비명을 질렀다. 그때 이웃집에서 무슨 소리가 났다.

픽!

장발은 옆으로 나가떨어졌다. 돌로 머리를 맞은 것이다. 머리에서 피가 흘렀다. 장발은 부들부들 떨면서 또 일어났다. 그리고 낯선 남자를 노려보았다.

"질긴 놈! 일을 망치겠어."

남자가 벌떡 일어나더니 절뚝거리며 자전거로 갔다. 장발도 득달같이 달려갔다. 그러나 머리가 빙빙 도는 것만 같더니 고꾸라졌다. 장발이 비척비척 일어나는 동안 낯선 남자는 자전거를 끌고 대문을 나갔다.

"안 돼……."

장발은 울음을 터뜨리며 뛰었다. 낯선 남자는 벌써 자전거를 타고 담장을 따라서 좁은 길을 달려가고 있었다. 장발은 미친 듯이 내달렸다. 머리가 아픈 줄도, 피가 흐르는 줄도 몰랐다. 식구들을 지켜야겠다는 생각뿐이었다.

"도둑아! 식구들을 놔 줘!"

장발은 짖고 또 짖으며 달렸다. 그러나 자전거가 워낙 바람처럼 달아나서 따라잡기가 어려웠다. 자전거를 따라서 좁은 골목길을 달리고 도로를 건넜다. 숨이 턱까지 차고 가슴이 터질 것만 같았다. 언덕을 오르고 방죽에 가서야 자전거 바퀴에 따라붙을 수가 있었다.

"어, 어, 이놈이……."

장발이 따라붙자 자전거가 흔들렸다. 장발은 달리면서 남자의 발등을 오지게 물었다. 남자가 발을 빼려고 안간힘을 썼지만 장발은 결코 놓지 않았다. 자전거가 쓰러질 듯 비틀거렸다. 그래도 쓰러지지는 않았다. 낡은 구두만 쏙 벗겨졌을 따름이다. 장발은 낡은 구두가 남자의 발인 줄 알았다. 그래서 구두를 물어뜯는데 별안간 옆구리가 끊어질 듯 화끈했다. 옆구리를 냅다 걷어챈 것이다.

"재수 없는 놈!"

장발은 비명을 지르며 방죽으로 떨어졌다.

첨벙!

정신이 번쩍 들었다. 방죽 물은 너무나 차가웠다. 아직 완전하게 날이 풀리지 않았기 때문이다. 화단에 목련이 피었어도 새벽에 눈이 내렸을 정도로 날씨가 변덕스러운 때인 것이다.

장발은 허우적거렸다.

뼛속까지 시리고 살이 갈라지는 것 같아도 장발은 쉬지 않고 헤엄쳤다.

"누가 좀 도와줘……."

죽을힘까지 다해서 발버둥을 쳤다. 그리고 마침내 물 가장
자리에 닿았다. 마른 물풀 더미에 간신히 머리를 대고서 장발
은 한참 동안 눈을 감고 있었다. 이빨이 와닥와닥 부딪힐 만큼
추웠다. 낯선 남자도 자전거도 보이지 않았다. 사방이 어둠과
시린 바람뿐이었다.

"없다, 없어……."

장발은 어기적어기적 기어 나와 몸을 흔들었다. 진저리를
치며 털었지만 몸은 푹 젖었고 젖은 털 사이로 찬 바람이 찌르
듯 꽂혔다.

"아!"

낡은 구두. 장발이 물고 늘어졌던 낯선 남자의 신발이었다.
다시 한 번 부르르 온몸이 떨렸다.

"커어어엉……."

장발은 목을 놓아 울었다. 슬프고 기가 막혀서 울음이 멎지

않았다. 그래도 집에는 가야만 했다. 여기 있을 까닭이 없었다. 장발은 낡은 구두를 물고 비척비척 걸었다.

'어쩌면 모두 와 있을지도 몰라. 엄마가 정신을 차렸으면 무척 화가 났을 테니까. 엄마가 화나면 아주 무서운걸! 못된 도둑을 용서할 리가 없지!'

집으로 가는 길은 너무나 춥고 외로웠다.

혼자서 가는 길.

꼬리를 늘어뜨린 채 걸어가는 장발의 긴 털에 고드름이 매달리기 시작했다.

'이거였나 봐, 겨울이 나한테 저지른 짓이라는 게. 끔찍하다. 겨울은 왜 이런 짓을 할까. 왜 이런 걸 감춰 두고 안 알려 줄까. 겨울도 나를 미워하나……'

골목을 꺾어 들어와 기다란 담장을 따라 나 있는 좁은 길에 이르렀다. 여기서부터 목청 씨의 집이다. 느릿느릿 걷던 장발은 고개를 들어 골목 끄트머리를 바라보았다. 식구들 소리가 전혀 들리지 않는다. 목이 콱 잠기며 뜨거운 눈물이 흘렀다.

낡은 구두를 앙 물고 있는 장발의 목구멍에서 신음 같은 소리가 비어져 나왔다. 어두워지는 대문 앞에 목청 씨가 흔들리는 그림자처럼 서 있었던 것이다.

"자앙?"

목청 씨의 굵고 떨리는 목소리가 어둠 속으로 퍼져 나갔다. 장발은 미친 듯이 달려갔다. 목청 씨가 몸을 조금 수그리면서 두 팔을 벌렸고, 장발은 쓰러지듯 안겼다.

"이게 뭐냐……."

목청 씨는 장발이 물고 있는 것을 제대로 보려고 눈을 갸름하게 떴다. 워낙 단단히 물려 있어서 목청 씨는 장발의 입을 억지로 벌려야만 했다. 낡은 구두를 뚫어져라 보던 목청 씨의 얼굴이 주름투성이로 일그러졌다.

고드름 덩어리가 된 장발과 낡은 구두를 번갈아 보던 목청 씨가 장발을 가만히 끌어안았다. 장발은 목청 씨의 떨리는 품 속에서 깊이 울려 나오는 신음을 들었다. 그러면서 깨달았다. 이보다 더 슬퍼지면 안 된다는 것을.

너 같은 애는
처음이야

"함부로 나다니지 마라."

장발은 대답 대신 눈만 끔뻑였다. 요즘 들어 목청 씨의 잔소리가 부쩍 늘었는데 그게 영 마뜩찮은 것이다. 나들이를 멀리까지 가고 싶고, 어떤 날은 교회 종소리를 따라가 보고 싶은데 목청 씨는 장발을 가둬 두려고만 했다. 밖에서 대문을 잠그는가 하면 어미에게 그랬던 것처럼 쇠 목줄을 채우려고도 했다.

그러나 장발은 목줄을 채우도록 가만있지 않았다. 목청 씨도 강요하지는 않았다. 지난번에 개를 몽땅 도둑맞은 건 큰 개를 꼼짝 못하게 묶어 두었기 때문이라고 생각했던 것이다. 그러지 않았다면 하필 검둥이가 씨 어미로 남지 않았을 거라고 말이다.

"중요한 때야. 몸조심하란 말이다."

목청 씨가 대문을 나서기 전에 못을 박듯 또 말했다. 그리고 대문을 잠갔다. 장발은 대문 앞까지 가서 목청 씨가 떠나는 소리를 들었다. 차르르. 자전거 체인이 돌아가면서 내는 소리를 들을 때마다 장발은 이상하게 쓸쓸하고 머릿속이 텅 비는 것만 같았다.

"어이, 풋내기. 밖에 나가고 싶지?"

담장 위에서 늙은 고양이가 바람 빠지는 듯한 소리로 물었다. 머리가 어떻게 된 건지 늙은 고양이는 요즘 헛소리를 자주 했다. 어제는 담장에서 미끄러져 떨어지기까지 했다.

"늙으면 걱정이 많은 법이야. 그래도 젊은 애들을 막을 수야 없지. 안 그러니? 당장이라도 나가고 싶지?"

"헛소리!"

장발은 어미 흉내를 냈다. 혼자 남았다고 업신여길까 봐 큰 소리친 것이다. 어미와 형제들이 돌아올 때까지 집을 지켜야 될 책임이 저한테 있다고 장발은 생각했다. 그러자면 더 이상 어린애처럼 굴 수가 없는 것이다. 게다가 뭐든지 아는 척하는 늙은 고양이가 여간 얄미운 게 아니었다. 겨울이 무슨 짓을 저질렀다는 둥 아리송한 말보다, "개 도둑이 올 거야, 조심해." 하고 귀띔해 주었다면 믿을 만한 이웃으로 생각했을 것이다. 하지만 허구한 날 다니는 담장에서도 떨어지는 걸 봐서는 허풍쟁이 고양이에 지나지 않는 것이다.

목청 씨마저 나가고 나면 집이 너무 휑하다. 장발은 철망 꼭대기의 낡은 구두를 올려다보았다. 방죽에서 물고 온 것을 목청 씨가 거기에 매달았다. 목청 씨는 아무 말도 안 했지만, 장발은 목청 씨가 낡은 구두를 늘 기억하라고 그렇게 해 둔 줄 알고 있었다.

"식구들이 돌아오면 얘기해 줄 거야. 저 구두가 왜 저기에 있는지······."

까무룩 잠에 빠졌던 장발은 고개를 들었다. 교회에서 울려 퍼지는 음악 소리. 음악 소리는 조용한 마당까지 스며들 듯 찾아와 귀를 간질여 댔다. 마치 '이리 와 봐.' 하고 속삭이는 것 같았다.

장발은 집 안을 휘 둘러보았다. 늙은 고양이는 보이지 않고 발바리가 짜증 부리는 소리만 희미하게 들렸다. 발바리는 침술원에 사는 개인데 발발거리고 다니며 말썽을 부려 대서 목줄에 묶이는 신세가 되고 말았다. 덕분에 대문 앞에 와서 기웃거리지 않으니 다행이다. 괜히 친해 보려고 집적거리는 발바리가 장발은 아주 못마땅했던 것이다.

장발은 납작 엎드려 대문 밑으로 빠져나갔다. 목청 씨는 문을 잠그면 되는 줄 알지만 장발은 이렇게 집을 나와서 웬만한 데는 다 다녀 보았다. 그러나 너무 멀리 가서 늦게 돌아오는 일은 없었다. 식구들이 돌아왔는데 집이 비어 있으면 안 되기 때문이었다. 개를 몽땅 도둑맞은 뒤부터 목청 씨가 마음을 놓지 못한다는 걸 알기 때문이기도 했다.

"저 소리는 왜 자꾸만 나를 부르는 걸까?"

장발은 길가에 오줌 표시를 내면서 걸어갔다. 처음에는 맏이 누렁이가 하던 대로 흉내를 내 보았을 뿐이지만 이제는 습관이 돼 버렸다. 다른 개들이 예의를 지키고 주의하도록 미리 알려 주는 것이다. 특히 어리숭한 발바리가 멋대로 따라붙지 않도록.

발바리가 징징대는 침술원 쪽으로는 가지 않기로 했다. 그쪽으로 가면 큰길이 나오고 방죽으로 가게 된다. 어쩔 수 없이 슬픈 기억이 떠오르는 길. 저절로 털이 곤두서고 가슴이 먹먹해지는 그쪽으로는 절대로 가지 않겠다고 진작부터 장발은 마음먹고 있었다.

음악 소리에 귀를 기울이면서 집 앞 도랑 길을 따라 걸었다. 입으로는 나지막하게 노래를 흥얼거리면서 밭둑으로, 논둑으로, 마을 회관을 지나고, 돼지 치는 집을 지났다. 동네 가게를 지나자 좁은 사거리 길이 나왔다.

장발은 잠시 머뭇거렸다. 혼자서 여기 이상은 가 본 적이 없었다. 딱 한 번 할머니를 따라서 삼거리에 있는 목청 씨의 자전거 가게에 다녀온 적은 있었다. 그때는 여기보다 멀리 갔지만 혼자가 아니었다.

"이쪽이야."

장발은 오른쪽 길을 선택했다. 다닥다닥 붙어 있는 집들 사이로 난 길을 따라가자 소나무가 우거진 동산이 나타났고, 동산 뒤편에 교회가 보였다. 장발은 천천히 교회로 다가갔다. 분명히 음악 소리가 나는 곳이기는 했다. 하지만 누가 이런 소리를 내는지는 알 수가 없었다.

낯선 곳, 낯선 냄새, 낯선 소리들이 뒤섞여 장발은 신경이 곤두섰다. 음악 소리가 멎었다. 장발은 당황해서 주변을 둘러보았다. 언제나 이랬다. 더 오래 듣고 싶어도 음악 소리는 결국 멎었고, 왜 더 들을 수 없는지 궁금하게 만들곤 했다.

"웬 털북숭이지?"

장발은 멈칫 돌아보았다. 다리가 길쭉한 말라깽이 점박이가 히죽 웃으며 다가왔다. 침술원에 사는 발바리만큼이나 조심성이 없어 보이는 데다가 신경질적으로 킁킁거리기까지 하는 개였다.

"이름이 뭐냐? 어디 살아? 몸은 제법 멋진걸!"

장발은 여기를 떠나는 게 낫겠다고 생각했다. 고작 이런 녀석과 사이를 트자고 온 건 아니었으니까. 장발이 막 발길을 돌렸을 때였다.

"크르릉. 너 말이야!"

낯선 개가 으름장을 놓으며 막아섰다. 머리가 짓눌린 듯 찌그러지고 다리가 짤막한 개였다. 장발은 뒤로 주춤 물러섰다. 짱구 머리는 혼자가 아니었다. 떠돌이처럼 보이는 누런 개가 덩달아 장발을 꼬나보면서 다가왔다. 누런 개는 털이 거칠고 눈곱도 낀 것이 병에 걸린 것 같았다.

"여긴 우리 구역이야."

누런 개가 이빨을 슬쩍 보이며 내뱉었다. 짱구 머리도 한 발앞으로 나서더니 인상을 쓰며 말했다.

"암컷 주제에 멋대로 구역 표시를 하다니. 된맛을 보겠다는 거야?"

"가르쳐 주자고. 여기에 누가 있는지!"

누런 개의 말이 떨어지자마자 짱구 머리가 코를 벌름거리며 다가와 뒤로 가더니 장발을 탐색했다. 장발은 재빨리 짱구 머리로부터 벗어나 천천히 움직였다. 누런 개도 어깨에 잔뜩 힘을 주며 천천히 거리를 좁혀 왔다. 그러자 점박이까지 합세를 했다. 둘에 비해서 점박이는 점잖지 못했다. 가벼운 다리로 두 녀석의 뒤를 오락가락하면서도 점박이 역시 장발한테서 눈을 떼지 않았다.

장발은 근육에 저절로 힘이 들어가는 걸 느꼈다. 이 패거리가 한꺼번에 달려들면 맞서 싸워야 한다는 것도 알았다. 겁쟁이로 보였다가는 집으로 못 간다는 사실을 깨달은 것이다.

"난 어떤 피해도 안 줄 거야."

장발은 부드럽게 말했다. 그러나 비굴해 보이지 않도록 짤막하게 말했다. 건드리지 않는다면 정말로 조용히 빠져나갈 참이었다.

"하핫! 뭘 모르는 애군. 이 구역에 함부로 들어온 것부터가 피해야."

점박이가 가소롭다는 듯 앞으로 나섰다.

"크르릉. 이 구역에 남고 싶으면 신고식을 해. 그냥은 안 되지, 암!"

짱구 머리가 몸을 좀 더 낮추며 을렀다. 딱 벌어진 가슴팍과 다리 근육이 단단해지는 게 보였다. 누런 개도 마찬가지였다.

장발은 겁이 났다. 어미 생각이 났다. 형제들 중에서 가장 컸던 누렁이라면 이럴 때 어떻게 했을까 생각해 보았다. 싸워야 한다면 싸우겠지만 정말이지 그러지 않고 여기를 떠나고 싶었다. 그런데도 숨이 가빠지고 몸이 빳빳해졌다.

"크와왕!"

누런 개가 먼저 달려들었다. 장발은 눈을 질끈 감았다. 어깨가 시큰했다. 그러자 정신이 번쩍 들면서 몸이 활처럼 구부러졌다.

"우왕! 건드리지 마!"

장발은 온몸에 힘을 주고 팽팽하게 긴장했다. 눈을 똑바로 뜨고 누가 어떻게 나올지 겨누어 보았다. 낯선 남자가 식구들을 모조리 훔쳐 갈 때도 바보처럼 당했는데 또 당할 수는 없었다.

'난 이제 어린애가 아니야!'

장발은 자기를 에워싸고 있는 셋을 하나하나 눈여겨보았다. 누구든 하나만 잡아야 했다. 가장 센 녀석으로 확실하게.

장발은 몸을 낮추고 짱구 머리를 노렸다. 셋 중에서 가장 몸이 좋고 자신감이 넘치는 녀석이었다. 장발은 뒤로 물러서는 척하다가 잽싸게 튀어 올랐다. 그리고 정확하게 짱구 머리의 목덜미를 물었다. 다른 녀석들도 동시에 장발에게 달려들었다.

"개들이 싸운다! 피가 나!"

여기저기서 조무래기들이 몰려들었다.

"물어! 물어!"

"비겁해! 털북숭이는 혼자잖아!"

"고물상 집 개다! 아저씨한테 알려야 돼!"

강아지들은 덩달아 깽깽거렸고 애들은 소리를 질러 댔다. 막대기로 말리는 시늉을 하는 애도 있었지만 조무래기들은 거의 다 멀찌감치 서서 겁먹은 채 구경만 했다. 네 마리가 뒤엉켜 한 덩어리로 뒹굴었다. 장발은 자기도 물렸다는 걸 알았다. 뼈가 으스러지는 것 같았지만 장발은 계속 움직였고 마침내 녀석들의 이빨에서 벗어났다. 그러면서도 짱구 머리의 목덜미는 놓지 않았다. 짱구 머리는 비명도 못 지르고 버르적거렸다.

그런데 무슨 일이 벌어졌다. 녀석들이 먼저 떨어져 나갔고, 장발도 끈질기게 물었던 짱구 머리를 결국 놓아주었다. 물론 벗은 윗도리를 휘두르며 싸움을 말린 사람들이 있었다. 하지만 장발은 "커엉! 당장 멈춰라!" 하고 명령하는 소리를 들은 것 같았다.

장발은 헉헉대며 주변을 에워싸고 있는 구경꾼들을 보았다.

"크르릉! 함부로 문제 일으키지 말랬지."

굵고 매끄러운 소리가 깊은 울림을 주며 다시 들렸다. 장발은 가쁜 숨을 몰아쉬면서도 주의 깊게 살폈다. 누런 개와 점박이는 우스울 정도로 기가 죽어서 꼬리를 내린 채 구경꾼들 속으로 내뺐고, 짱구 머리는 거의 기다시피 뒷걸음질을 쳤다.

장발은 흐트러져 눈앞을 가린 털 사이로 어떤 개를 보았다. 구경꾼들 속에 떡 버티고 서서 당장이라도 덮칠 듯 목털을 곤두세우고 있는 하얀 개 한 마리. 장발은 자기를 뚫어져라 보고 있는 하얀 개가 이 언저리의 우두머리라는 것을 한눈에 알아보았다.

"저 털북숭이, 뉘 집 갠가 보통내기가 아니군!"

"잡종 퍼그가 혼쭐이 났네 그려."

구경꾼들이 한마디씩 했다.

장발은 얼얼한 몸을 천천히 움직였다. 그리고 그곳을 떠났다. 온몸이 안 아픈 데가 없었지만 비틀거리지 않았고, 뒤를 돌아보지도 않았다. 멀리 집이 보이자 비로소 눈물이 핑 돌았다.

"괜찮은 거니?"

장발은 놀라서 돌아보았다.

계속 뒤따라왔는지 하얀 개가 뒤에 있었다. 또 싸워야 하나 싶어서 장발은 순간 공격 자세가 됐다. 그러나 곧 긴장을 풀었다. 하얀 개는 걱정스러운 눈빛으로 장발을 바라보고 있었고, 곤두섰던 목털도 부드럽게 가라앉아 있었다.

"아주 위험했어. 걔들은 안 만나는 게 좋아."

장발은 걱정 말라는 듯 어깨만 으쓱하고 돌아섰다. 상처가 아려서 얼른 집에 가야겠다는 마음뿐이었다. 어미가 있었다면, 형제들이 있었다면 다친 데를 어루만져 주었을지도 모른다는 생각이 들자 너무나 쓸쓸했다. 목청 씨라도 있다면 좋겠는데 빈집으로 가야만 했다.

"너 같은 애는 처음이야. 암컷이 그렇게 싸우는 건 아직 못 봤거든."

하얀 개가 뒤에다 대고 말했다.

장발은 자기도 모르게 멈추었다. 묘한 기분이 들었다. 부끄럽기도 하고 화가 나기도 했다. 그런 말을 한 번만 더 하면 하얀 개도 콱 물어 버리겠다고 생각했다. 암컷이라고 해서 멍청히 죽을 수는 없는 것이다.

하얀 개가 장발 곁으로 왔다. 그리고 말없이 장발의 상처를 핥아 주었다.

배반

장발은 혓바닥으로 검둥이를 핥아 보았다.

"아서라, 장발. 걘 이미 죽었어."

목청 씨가 차가워진 검둥이의 작은 몸뚱이를 밖으로 밀었다. 착 가라앉은 목청 씨의 말을 들으며 장발은 주저앉았다. 네 마리 새끼 가운데 검둥이만 유독 작고 힘이 달리더니 결국 이틀을 못 넘기고 말았다.

"널 많이 닮았다만, 명이 그것뿐이구나."

장발은 고개를 떨구며 눈을 끔뻑거렸다. 혹시 뭘 잘못한 게 아닐까 생각해 봤지만 아니었다. 깨끗하게 닦아 주었고 다치지 않게 조심했다. 심하게 떨어 대는 게 걱정스러워서 서로 몸을 포개려 들 때에도 다른 새끼들이 누르지 못하게 보살펴 주었다. 그런데도 검둥이는 모든 게 시원찮았던 것이다. 숨소리도 약했고 움직임도 굼떴다. 무엇보다 냄새가 좋지 않았다. 다른 새끼들에게서는 달콤하고 부드러운 향기가 났는데 검둥이는 처음부터 시큼하게 느껴져 불안했다.

목청 씨가 미역국을 장발 앞에 놓아 주었다.

"많이 먹어. 어미가 잘 먹어야 새끼들을 키워 내지."

"그렇게 조금 살 거라면, 어째서 아기로 태어났을까?"

장발은 멍한 눈으로 목청 씨를 바라보았다. 목청 씨는 우울해져 있는 장발이 못마땅한 듯 고개를 저었다.

"저 앤 걸어 보지도 못했어……."

"첫 출산이라 힘든 모양이군. 무녀리가 죽는 일은 종종 있는 걸. 부실하게 커서 제구실도 못하는 것보다야 낫지 않으냐."

갑자기 텃밭에서 죽은 막내 점박이가 생각나서 장발은 낑낑거렸다. 검둥이를 조금만 더 핥아 주면 몸이 따뜻해질지도 모른다는 생각이 든 것이다. 그러자 목청 씨가 미역국을 가리키며 명령했다.

"장발. 더 낑낑거렸다가는 혼날 줄 알아라!"

장발은 목청 씨의 손을 핥았다. 그러자 목청 씨의 뻣뻣한 손이 장발의 목을 부드럽게 쓰다듬었다. 목덜미를 긁적여 주는 목청 씨의 손은 검둥이를 잃었지만 새끼가 셋이나 더 있다고 말해 주는 듯했다.

장발은 부스스 일어났다. 젖을 물고 있던 새끼들이 끼잉 하며 장발에게서 떨어져 나갔다. 흰둥이 한 마리와 잿빛 털을 가진 두 마리였다.

목청 씨가 담요가 둘러진 문을 닫으며 중얼거렸다.

"걱정했는데, 허헛! 모처럼 좋은 씨를 받았어."

장발은 미역국을 먹으며 하얀 개를 생각했다. 참 많은 시간이 지났다. 봄이 가고 뜨거운 여름도 한풀 꺾이는 때인 것이다. 문득 하얀 개가 보고 싶어졌다. 허나 어림없는 일이었다. 처음 만난 뒤로 다시는 본 적이 없으니까.

아비를 닮았다면 새끼들은 멋지게 자랄 것이다. 비록 검둥이를 잃었지만 하얀 개처럼 번듯하게 자랄 새끼들이 셋이나 있으니 정말 다행이었다. 특히 흰둥이는 아직 눈도 안 뜬 새끼인데도 쫑긋한 귀부터 아비를 꼭 닮아 장발은 뿌듯했다.

장발은 냄비에 주둥이를 박고 바닥이 드러날 때까지 핥아먹었다. 그리고 비스듬히 누웠다. 새끼들이 더듬더듬 가슴을 파고들었다.

장발은 고물고물한 새끼들을 물끄러미 바라보며 셋은 너무 적다는 생각을 했다. 검둥이까지 있었으면 이렇게 한쪽이 휑하지는 않았을 거라고 말이다. 그런데도 배와 가슴을 건드리며 꼼지락거리는 새끼들 때문에 기분이 한결 편안해지니 참 야릇한 일이었다. 작고 여린 새끼들이 자기 콧구멍으로 숨을 쉬고 꼭 저만큼의 체온을 갖고 있다는 게 장발은 무척 신기하고 기특했다. 기다리고 기다렸어도 끝내 오지 않은 어미와 형제들. 이제는 그 식구들을 그리워하지 않아도 될 것 같았다.

"검둥이는 목청 씨가 알아서 묻어 줄 거야. 감나무 밑에. 내 아기가 될 수 없다면 뭐든 다른 게 되겠지. 그럴 거야."

장발은 깊게 숨을 들이마셨다. 담요에 가려져 있어도 바깥의 냄새는 충분히 맡을 수가 있었다.

"늙은 고양이가 또 나타났군. 궁금해서 좀이 쑤시는 게지."

장발은 코를 씰룩였다. 빙그레 웃음이 나오고 가슴이 뿌듯해졌다. 동네방네 일을 죄다 아는 것처럼 떠벌리고 똑똑한 척해도 늙은 고양이가 새끼를 낳을 수는 없는 것이다.

"훌륭한 경험을 못하니 그토록 말이 많았던 거야."

장발은 새끼들을 사랑스러운 눈길로 바라보며 생각했다. 늙은 고양이가 넘보지 못하도록 잘 지켜야겠다고 말이다. 막내 점박이가 당했던 일은 아직도 털이 곤두서는 일이다.

철망 안에서는 걱정할 게 없었다. 장발이 예민해지지 않도록 목청 씨가 단속을 잘했기 때문이다. 낯선 사람들이 기웃거리지 못하게 담요로 철망을 가린 것은 물론 먹이도 언제나 목청 씨가 가져다주었다. 밤새도록 전구를 켜서 장발이 밤에도 새끼들을 살펴볼 수 있게 했다. 선풍기를 달아서 더위와 모기가 달려들지 못하게도 했다. 덕분에 새끼들은 무사히 눈을 떴고 오동통하게 살이 붙어서 바깥나들이를 할 수 있게 되었다.

"담장 가까이 가면 안 된다, 얘들아. 이웃집 고양이를 언제나 조심해야 돼. 늙어서 아무것도 못할 것 같지만, 사실은 뭐든지 할 수 있는 고양이거든."

장발은 새끼들에게 누누이 일렀다. 그때마다 늙은 고양이는 씁쓸한 듯 삐죽거렸다. "어린것들이 뭘 안다고……." 하면서.

일은 궂은 날씨 때문에 벌어졌다.

돌풍이 몰아칠 것 같은 불길한 날이었다. 강아지들은 안전한 철망 안에 있으면서도 개집 옆의 커다란 살구나무가 부러질까 봐 겁을 먹었다. 거센 바람에 나뭇가지들이 미친 듯이 흔들렸고 나뭇잎들이 뜯겨져 흩날렸다. 화단의 목련과 감나무도 마찬가지였다. 이파리를 가진 모든 나무들은 크건 작건 바람에 시달리느라 똑바로 서 있지 못하고 꺾어질 듯 휘청댔다. 하늘은 온통 먹구름에 뒤덮여 사방이 어둑했다. 창문은 요란하게 덜컹댔으며 기와지붕 가장자리에 잇댄 슬레이트 지붕은 날아가 버릴 듯 들썩였다.

"무서워……."

강아지들은 서로 몸을 맞대고 웅크린 채 떨었다. 장발은 바깥에 따로 있는 개집을 들락거리며 초조하게 목청 씨를 기다렸다.

터더덕 턱턱.

바람이 훑고 지나갈 때마다 슬레이트 지붕은 위태롭게 들썩였다. 어떤 때는 한쪽이 뒤집힌 채 간신히 바람을 견뎌 내기도 했다. 담장을 타고 수북하게 자란 호박잎들이 쏴쏴쏴 소리를 내며 진저리를 쳤다. 대롱대롱 매달렸던 커다란 호박이 기어이 떨어져 버렸다.

"윙윙. 아무래도 일 나겠어……."

장발은 가만있지 못하고 사방을 둘러보았다. 바로 그때였다. 아찔한 바람이 닥치더니 슬레이트 지붕을 훌러덩 뒤집어 버렸다. 끄트머리가 뒤집혀 펄럭이던 슬레이트 지붕이 성난 뱀 대가리처럼 일어나는가 싶더니 소름 끼치는 소리와 함께 뜯겨 져 날아간 것이다. 슬레이트 지붕은 이웃집 지붕에 부딪혀 떨 어지며 기와들을 박살을 냈다.

"저런!"

장발은 집으로 들어가 웅크렸다. 이런 일은 처음이라 몹시 불안했다.

비가 쏟아지기 시작했다. 엄청난 기세였다. 화단 옆으로 금 방 물줄기가 생겨났고 싱싱한 채로 뜯겨진 이파리들이 물줄기 를 따라 텃밭으로 흘러내렸다. 굵은 빗방울이 개집 지붕을 뚫 어 버릴 듯 두드려 대는 바람에 장발은 앞발로 머리를 단단히 감싸야만 했다.

어둑한 집 안에 빗소리만 가득하더니 차츰 바람이 수그러 들었고 목청 씨도 돌아왔다. 장발은 너무나 반가웠지만 목청 씨가 할 수 있는 일은 아무것도 없었다. 목청 씨는 비를 쫄딱

맞으며 덜커덩거리는 나머지 슬레이트 지붕을 붙들어 매느라 안간힘을 썼다.

밤이 지나고 나서야 비바람이 멎었다. 집 안은 엉망진창이었다. 목청 씨는 잔뜩 찡그린 채로 집 안팎을 살폈다. 이웃집 할머니가 찾아왔다.

"기와 몇 장만 새로 얹으면 되겠어요. 뭐, 찬우 아버지네 지붕 고칠 때 우리 것까지 해 주시면 되지요."

이웃집 할머니의 말에 목청 씨는 한숨을 포옥 쉬었다. 그러면서도 대답은 시원시원하게 했다.

"암요. 그래야지요."

"그럼, 믿고 가요."

이웃집 할머니가 쌩하니 돌아갔다. 장발은 할머니의 말투가 꼭 늙은 고양이 같다고 생각했다.

"젠장! 돈 꽤나 들겠어. 물건 값도 다 못 치렀는데. 찬우 가게도 간판이 작살났다니 말도 못 꺼내겠고……."

목청 씨는 담배만 뻑뻑 피웠다. 오늘따라 얼굴에 주름이 가득했다. 목청 씨는 담배 연기를 어룽어룽 피우면서 난장판이 된 텃밭에서 놀고 있는 강아지들을 물끄러미 보았다. 목청 씨가 왜 그렇게 오랫동안 말없이 강아지들을 바라보았는지 장발은 미처 몰랐다.

이튿날 장발은 목줄에 채워졌다.

"멍멍! 이러지 마. 말썽 부리지 않는다고."

장발은 뒤로 뻗대며 목줄을 거부했다. 그러나 목청 씨가 억세게 붙드는 바람에 별수 없이 목줄을 찬 채 기둥에 묶이고 말았다. 장발은 목청 씨가 집 안을 치우려고 그러는 줄 알았다. 개들이 정신 사납게 굴까 봐 단속을 하는 거라고 말이다. 그래서 기분이 언짢아도 참아 보기로 했다. 그런데 잠시 뒤에 대문으로 낯선 남자가 들어서는 게 아닌가.

"컹! 저놈이……."

장발은 눈이 휘둥그레졌다. 눈이 저절로 철망에 매달린 낡은 구두로 옮겨 갔다.

"컹컹! 저놈이야! 저놈이 그랬어!"

장발은 펄쩍 뛰어오르며 소리 질렀다. 켕기는 데가 있는지 낯선 남자가 움찔했다. 그러나 곧 능글맞게 웃으며 너스레를 떠는 것이었다.

"씨가 좋은뎁쇼. 척 보면 알지요."

"세 마리 다 해서 얼마 줄 거요?"

목청 씨가 찡그린 채 물었다. 장발은 멍하니 목청 씨를 보았다. 낯선 남자가 장발을 보면서 입술이 비뚤어지게 씨익 웃었다.

"큰 놈은 안 파시고요?"

"어딜. 씨 어미는 뒤야지."

"좋기는 한데, 하룻강아지들이라……."

장발은 가슴이 쿵 내려앉는 것만 같았다. 믿을 수가 없었다. 목청 씨가 지금 장사꾼에게 새끼들을 몽땅 팔려고 하는 것이다. 낯선 남자는 개를 사고파는 장사꾼이었다.

"보소, 김 씨. 나도 개는 좀 볼 줄 알아. 이런 강아지들은 어디 가서도 못 구한다고. 지붕만 저 모양이 안 됐어도……."

목청 씨가 얼굴을 또 찡그렸다.

"크르릉! 안 돼! 내 아기들이야!"

장발은 눈을 부라리고 짖었다. 목줄이 팽팽해지도록 잡아당기며 개장수를 물려고 했다. 그러나 땅바닥에 발톱 자국만 났을 뿐 개장수의 옷자락도 건드리지 못했다.

"날 풀어 줘! 저놈이 도둑이라는 걸 알아야지!"

입에 거품을 물고 짖어도 개장수는 눈 하나 깜짝하지 않았고 목청 씨도 귀를 기울이지 않았다. 장발은 미쳐 버릴 것만 같았다. 누구라도 새끼들을 건드리면 물어뜯겠다고 별렀다. 그러자 개장수가 험상궂은 얼굴로 장발을 노려보았다.

"저 잡종은 성질 참 고약하네요."

"크와앙! 감히 그따위 말을……."

장발은 거의 제정신이 아니었다. 눈알이 빠져나올 듯 뜨거웠고 가슴은 터져 버릴 듯 홧홧했다. 목청 씨가 이렇게 배반할 줄은 꿈도 못 꾸었던 것이다.

"말조심해야지. 개는 다 알아들어."

"하하. 그래요?"

"제 새끼 데려가는 걸 짐승이라고 모를까. 값이 너무 야박하지 않으면 넘겨줄 테니까 어서 얘기 끝냅시다. 나도 속 쓰리다고."

목청 씨가 철망 속에 있는 강아지들에게 갔다. 무슨 일이 닥칠 줄 짐작했는지 강아지들이 한꺼번에 울음을 터뜨렸다. 장발은 길길이 날뛰었다. 그때 개장수를 확실하게 물어뜯지 못한 게 너무나 후회스러웠다. 끝까지 물고 늘어졌어야만 했다.

개장수는 시큰둥하니 "크지도 않은 걸 데려가 봐야." 하고 중얼거리며 목청 씨를 따랐다. 그러다가 철망에 매달린 낡은 구두를 보고는 걸음이 딱 멎었다. 개장수가 눈이 휘둥그레져서 장발을 보았다.

"아, 예. 그래야죠. 조, 종자가 좋으니까……."

목청 씨의 팔뚝

장발은 온종일 묶여 있었다. 묶인 채로 철망 안에 갇혀 있었다. 밥그릇은 입도 대지 않은 먹이가 수북하니 그대로였다. 장발은 쇠 목줄을 덜그럭덜그럭 소리 내면서 움직이고 또 움직였다. 그러면서 목청 씨한테서 눈을 떼지 않았다.

탁탁탁.

목청 씨는 이른 아침부터 지붕을 고치느라 바빴다. 이웃집 지붕은 사람을 사서 고치게 하고 자기 집은 자기 손으로 고치고 있는 것이다.

"그르르릉. 용서 못해. 내 아기들 데려와!"

장발은 다시 한 번 으름장을 놓았다. 소리를 하도 지르고 질러서 이제는 아예 목이 쉬어 버렸다. 그래도 장발은 그만둘 수가 없었다.

"쯧쯧. 이젠 아주 끔찍한 소리를 내는구나."

늙은 고양이가 담장 위로 오락가락하며 신경질을 부렸다. 여기저기서 떠들어 대니 도무지 쉴 수가 없다는 것이다.

"사는 게 원래 그런 거잖아. 헤어지기도 하고, 죽기도 하고. 내가 인생을 조금 아는데 말이야. 새끼들 다 데리고 사는 개는 한 번도 못 봤다!"

"컹! 시끄러워!"

"그래 봤자라니까! 저 영감이 누군데! 개들은 주머닛돈으로밖에는 생각 안 한다고. 봐라! 네 강아지들은 갔어. 안 온다고. 절대로."

"와앙! 닥치란 말이야!"

"에구구, 귀청이야. 알았어. 맘대로 해라. 그래도 이웃사촌이라 위로해 줬건만, 쯧쯧. 넌 정말 지독한 먹통이야!"

늙은 고양이가 앙칼지게 쏘아붙이더니 담장에서 뛰어내렸다.

'이것도 겨울이 저지른 것인가? 저따위 고양이 말은 믿기 싫은데. 겨울은 대체 왜 나만 못살게 구나.'

장발은 거칠게 숨을 뱉으며 왔다 갔다 했다. 묶여 있지만 않다면 당장 뛰어가 목청 씨의 궁둥이를 물어뜯고 싶었다. 속옷이 다 보이도록 구부정하게 앉아서 목청 씨가 일만 하고 있는 것이 너무나 원망스러운 것이다.

목청 씨는 아침부터 용접을 하느라 바빴다. 슬레이트 지붕이 다시는 날아가지 못하게 단단히 고정시키려는 것이다. 그래서 목청 씨한테서는 그 어느 때보다 싸한 냄새가 더 강렬하게 났다. 불꽃이 탁탁 튀고, 그때마다 푸르스름한 연기가 번져 나갔다.

교회에서 음악 소리가 들려왔다. 장발은 그 소리가 무척 아득하게 느껴졌다. 가슴이 뻐근해지면서 도저히 참을 수 없게 슬픔이 밀려 올라왔다. 음악 소리를 따라갔던 일과 하얀 개를 처음 만났을 때 느낌도 되살아났다. 그리고 막내 점박이가 죽던 날 어미 누렁이가 목을 길게 빼고 울던 모습도 떠올랐다. 그때 어미가 어떤 마음이었는지 장발은 이제야 알 것 같았다.

"오우우우! 날 풀어 줘어⋯⋯."

장발은 고개를 쳐들고 깊은 소리로 울었다.

"장발! 당장 입 다물어라!"

목청 씨가 버럭 소리를 질렀다. 그러나 장발은 듣지 않았다. 되레 더 큰 소리로 더 길게 울음소리를 냈다.

"닥치래도! 개가 그렇게 울면 재수 없다!"

"오우우우! 내 아기들⋯⋯."

"이놈이⋯⋯."

목청 씨가 용접기를 놓고 일어섰다. 장발은 턱을 쳐들고 앙알거렸다. 다른 식으로는 분풀이를 할 수도 없었다.

"오우우우! 멍청한 영감. 도둑놈한테 내 아기들을 몽땅 주다니. 그렇게 멍청한 짓을 할 수가 있어?"

"망할 녀석! 밤새도록 잠도 못 자게 하더니, 기어이 속을 뒤집는구나!"

얼굴에 쓰고 있던 시커먼 용접면을 머리 위로 젖혀 올리며 목청 씨가 노려보았다. 장발은 조금도 무섭지 않았다. 그래서 눈을 부라리고 같이 노려보았다. 노려보면서도 아까처럼 길게 울음소리를 뽑아냈다. 그렇게 해야만 목청 씨가 자기를 쳐다본다는 것을 안 것이다.

"이런, 우라질! 닥치라고 했잖느냐! 안 그래도 뒤숭숭 판인데……."

목청 씨가 화났다. 그래도 장발은 보란 듯이 고개를 쳐들고 식식거렸다. 목청 씨보다 화나고 억울한 게 자기라는 걸 알려야만 했다. 장발이 약 올린다고 생각했는지 목청 씨의 얼굴이 붉으락푸르락하더니 성큼성큼 다가왔다. 감나무에 기대 두었던 빗자루를 집어 들고서.

"감히 주인을 이겨 먹을 참이냐!"

철망을 열어젖히자마자 목청 씨가 장발을 후려쳤다. 빗자루를 움켜쥐고서 연거푸 매질하는 목청 씨의 얼굴은 장발이 여태껏 본 적이 없는 험상궂은 표정이었다. 장발도 맞고만 있지 않았다. 요리조리 피하며 왕왕거렸고 이빨을 드러내고 노려보았다. 빗자루가 등짝에, 엉덩이에, 종아리에 떨어질 때마다 장발은 가슴까지 쓰라렸다. 차라리 그때 어미와 형제들처럼 정신을 잃고 도둑놈에게 실려 갔다면 지금 이런 꼴은 아닐 거라고 생각했다.

"그렇게 울면 집안에 근심이 든단 말이다."

"크와왕! 용서할 수 없어!"

"우는 개는 잡는다. 죽어야 한단 말이다!"

"차라리 그렇게 해!"

장발은 거칠게 대들었다. 맞으면서 뛰어올라 목청 씨의 팔뚝을 덥석 문 것이다.

"아악!"

목청 씨가 비명을 지르며 무릎을 꿇고 주저앉았다. 그러면서 장발의 목을 그러안았다. 장발은 목청 씨의 신음 소리를 들으면서도 팔뚝을 놓지 않았다. 만약 그때 동이가 들어서지 않았다면 장발은 목청 씨의 팔뚝을 분지르고 말았을 것이다.

"아버지!"

동이 아빠가 막대기를 들고 와 장발의 입속에 쑤셔 넣었다. 그리고 억지로 입을 벌렸다. 장발은 턱이 빼개지는 듯한 아픔을 느끼면서도 동이를 바라보았다. 휘둥그레진 눈으로 멍하니 서서 바라보고 있는 동이. 그 까맣고 동그란 눈알을 보자 장발 눈에서 눈물이 흘렀다.

"지독한 놈! 주인을 물다니."

동이 아빠가 한 팔로 장발의 머리통을 우악스레 죄고 냅다 갈겼다.

"털 좀 베어 내라."

목청 씨가 장발을 가리키며 신음처럼 중얼거렸다.

"털은 뭐 하시게요?"

"시키는 대로 해."

"아, 아버지. 그런 거 안 돼요. 병원 가야지."

"급할 때는 그렇게도 해. 어서."

"아버지도 참……. 괜히 덧나면 어쩌려고요."

"예방 주사는 다 맞혔어. 별 탈 없을 거다."

"동아. 저기 연장 그릇에 가서 가위나 칼 좀 가져와!"

동이 아빠가 장발의 주둥이를 단단히 붙잡은 채 소리쳤다. 동이는 못 알아들은 듯 멀뚱하니 서서 장발만 보고 있었다. 목청 씨도 철망 벽에 기댄 채 팔뚝을 부여잡고 고통스러워하면서 진땀이 난 얼굴로 장발을 똑바로 보고 있었다.

"얼른 찾아와!"

동이 아빠가 버럭 소리치자 동이가 놀라서 뛰어갔다. 그런데 연장 그릇을 뒤적이더니 그냥 뛰어왔다.

"거기 가위 있어. 찾아봐."

동이 아빠가 천천히 또박또박 다시 말하자 동이는 울상을 하고 다시 갔다. 그리고 가위를 가져왔다.

동이 아빠가 장발의 목덜미에서 털을 한 움큼 베어 냈다. 아프지는 않았지만 장발은 영문을 모른 채 떨었다. 목청 씨가 손을 내밀어 장발의 털을 받았다. 그리고 밖으로 나갔다. 동이 아빠는 장발이 위험한 상태라고 생각했는지 몹시 경계하면서 물러나 철망 문을 단단히 잠갔다.

"상처가 심한데. 빨리 병원 가야겠어요."

"이것부터 하고."

장발은 얼빠진 듯 서서 목청 씨를 바라보았다.

목청 씨는 장발의 털을 태웠다. 그리고 물린 상처에 그을린 털을 얹고 헝겊으로 처맸다. 느끼하고 불쾌한 냄새가 바람과 함께 지나갔다. 장발은 자기 털에도 고약한 냄새가 숨어 있다는 걸 처음 깨달았다.

"너 나빴어! 우리 할아버지 왜 물어?"

동이가 철망 앞에 서서 꽥 소리쳤다. 장발은 속이 텅 빈 듯 허전하고 멍해서 아무 생각도 할 수가 없었다. 그저 쇠 목줄을 끌면서 오락가락하기만 했다. 쇠 목줄이 시멘트 바닥에 끌리는 소리만 들려왔다. 덜그럭덜그럭. 덜그럭덜그럭.

뒤틀린 나날

가게 안에서 목청 씨가 물끄러미 내다보았다. 장발은 목청 씨를 보는 듯 마는 듯하면서 마당 가운데에 엎드려 있었다.

"집에 가 있으라는데도."

목청 씨가 돋보기를 밀어 올리며 다시 말했다. 그러나 장발은 들은 척도 안 했다. 그저 자전거 바퀴를 조립하고 있는 목청 씨를 힐끗 보고는 눈을 감아 버렸다.

장발에게 이런 버릇이 든 지도 꽤 오래됐다. 겨울 동안에는 먼 동네까지 휘휘 돌아다니다가 집으로 가곤 했지만 몸이 무거워지면서부터는 아침에 목청 씨를 따라 나와 가게 마당에서 빈둥거리며 지냈다. 집에 혼자 있는 게 싫어서였다.

목청 씨는 더 이상 장발에게 목줄을 채우지 않았다. 장발이 너무나 싫어했기 때문이다. 장발이 얌전해지고 제법 살이 붙게 된 것은 다 목줄을 채우지 않았기 때문이다.

철망에 갇혀 있는 동안, 기둥에 묶여서 겨우 서너 발짝밖에 움직일 수 없었을 때 장발은 뼈만 앙상했다. 언뜻 보기에는 털이 북슬북슬해서 커 보였지만 장발은 빈혈로 휘청거렸고 아무한테나 아무 때나 신경질을 부렸다. 먹이가 수북한 밥그릇이 턱 밑에 있어도 거들떠보지 않았던 것이다. 목청 씨는 고개를 저으며 "네 목숨은 네가 알아서 해야겠구나." 하면서 풀어 주었고 그때부터 장발은 조금씩 먹었다.

다리에 힘이 붙었을 때 장발은 맨 먼저 음악 소리를 따라 교회로 갔다. 그다음에는 더 멀리까지 갔다. 왜 그렇게 돌아다니고 싶은지 장발도 알지 못했다. 그저 마음이 텅 빈 것처럼 지독하게 쓸쓸해서 도저히 가만있을 수가 없었던 것이다.

집을 나설 때마다 장발은 하얀 개를 떠올렸다. 한 번쯤은 길에서 마주칠 것도 같은데 그런 일은 생기지 않았다. 하얀 개 대신 사냥개 혈통이라는 갈색 개를 만났을 뿐이다. 그래서 새끼를 가질 수 있었다.

목청 씨가 얼굴을 찡그렸다.

"허허, 참! 머지않아 몸을 풀겠는데 집에 붙어 있질 못하니. 저러다 길거리에서 새끼 낳겠구면."

목청 씨는 수평을 맞추어 가며 쇠살을 끼우고 나사로 조이던 일을 멈추었다. 바퀴 하나를 완성하자면 잔손질이 여간 가는 게 아닌데 출산을 앞두고 있는 장발 때문에 집중을 할 수 없었던 것이다. 목청 씨는 둥근 바퀴 틀을 내려놓고 무릎에 얹었던 깔개를 걷어 옆으로 치웠다. 그리고 반쯤 닫혔던 유리문을 옆으로 밀면서 나왔다. 먼지가 낀 격자무늬 유리문이 문틀과 잘 맞지 않아서 괴상한 소리를 냈다.

목청 씨의 후줄근한 바지 자락이 눈앞까지 왔을 때서야 장발은 천천히 일어났다. 배가 불러서 몸이 무척 둔했다.

"이 고집불통."

목청 씨가 혀를 차며 장발의 등을 밀었다. 장발은 목청 씨의 손을 꼬리로 탁 치고 천천히 걸었다. 갈 데라고는 집밖에 없었다. 그게 마음에 안 들지만 별수 없었다. 집보다 나은 데를 찾고 싶었지만, 아무도 새끼들을 건드릴 수 없는 곳을 찾고 싶었지만 안타깝게도 그런 데는 없었다.

농협 창고 모퉁이를 막 돌았을 때였다. 높다란 환풍구에서 늙은 고양이가 사뿐히 뛰어내리며 아는 체를 했다. 거기서 뭘 했는지는 묻지 않아도 알 수 있었다.

"어이. 오늘도 허탕이냐?"

장발은 대꾸도 않고 걸었다. 늙은 고양이가 히죽 웃으며 따라붙었다. 느끼한 냄새가 났지만 장발은 조금 떨어져 걷는 늙은 고양이를 건드릴 마음은 없었다. 웃을 때마다 살가죽이 주름지는 게 보일 정도가 돼 버린 고양이는 이제 늙다리 이웃에 불과했다.

"꿈 깨라. 도대체 집만 한 데가 어디 있을 거라고 싸돌아다니냐?"

"신경 꺼."

"넌 나를 아주 우습게 여기는구나. 꼭 필요한 말을 해 줘도 팩팩거리지! 나라고 거저 늙은 줄 아니?"

장발은 걸음을 딱 멈추고 늙은 고양이를 쏘아보았다. 늙은 고양이가 움찔 물러섰다. 고작 서너 걸음이었지만.

"나도 여러 번 새끼를 낳았다고. 셀 수도 없을 만큼. 몇이나 낳았는지 정말 기억도 못하겠군. 아무튼, 나도 한때는 너처럼 새끼들이라면 끔찍했단 말이야."

"그런데?"

"지금은 하나도 없지. 모두 떠났어. 제법 클 때까지 끼고도 살아 봤지만, 결국은 떠났어. 그게 우리들이야."

"바보. 난 아니야."

"너라고 다르겠니? 어떤 애는 팔려 갔어. 내가 보는 앞에서 선물처럼 리본을 달고서 말이야. 더러는 죽기도 하고, 말도 없이 떠난 녀석도 있지. 배은망덕한 녀석. 내가 얼마나 사랑해 주었는데, 기어이 안 돌아오더군. 이런⋯⋯."

늙은 고양이가 움찔하더니 몸을 낮추었다. 장발도 금방 낌새를 느꼈다. 창고 끄트머리 공터에서 싸움이 벌어지려 하고 있었다. 개 한 마리를 가운데 두고 네 마리 개들이 반원을 그리며 돌고 있는 것이다. 언젠가 장발이 당했던 것처럼.

"아⋯⋯."

하얀 개.

장발은 심장이 뜨끔 하는 걸 느꼈다. 별안간 한꺼번에 잃은 강아지들이 떠올랐다. 강아지들의 아버지 하얀 개. 오랫동안 장발의 머릿속과 가슴속에서 떠나지 않았던 바로 그 하얀 개가 눈앞에 있는 것이다.

그런데 이상하게도 하얀 개가 구석에 혼자 몰려 있었다. 꽤 오랫동안 여러 곳을 돌아다녔어도 장발은 개들이 떼로 몰려 싸우는 걸 별로 보지 못했다. 그래서 이 싸움이 놀라웠다. 더구나 하얀 개가 몰리다니 이해할 수가 없었다.

"뭔가 아주 나쁜 일이 있구나."

장발은 바짝 긴장하며 다가갔다. 우두머리가 어쩌다 이 지경이 되었는지 몰라도 상황은 불리해 보였다. 당장이라도 뛰어들 것처럼 등 근육이 팽팽해진 네 마리 개들 중에서 갈색 개가 유난히 도드라졌다.

"장발. 빨리 여길 뜨자!"

늙은 고양이가 가느다란 소리로 불렀다. 제 딴에는 속삭인다고 낸 소리였지만 장발은 간드러지는 그 목소리가 불쾌했다. 이런 때에 그렇게 말하는 것도 아주 못마땅했다. 하얀 개가 불리하다면 도울 거라고 장발은 생각한 것이다. 하얀 개도 전에 그렇게 해 주었으니까.

"참견 말라고. 네 몸을 보란 말이야!"

늙은 고양이가 앙칼지게 또 불렀다. 그러나 장발은 돌아보지도 않았다.

네 마리의 움직임이 빨라졌다. 하얀 개도 싸울 준비가 된 것 같았다. 조금도 주눅 들지 않았지만 하얀 개는 결코 만만치 않은 상대들을 마주하고 있었다. 팔팔한 개가 셋이나 되는 데다 누가 봐도 보통내기가 아니라는 걸 한눈에 알아볼 수 있는 떡 벌어진 갈색 덩치.

"크와왕!"

일이 터졌다. 장발은 멈칫했다. 다섯 마리가 순식간에 뒤엉킨 것이다. 누런 먼지를 일으키며 한꺼번에 뛰고 뒹굴어서 눈을 똑바로 뜨고 지켜봐야만 했다. 뿌연 먼지와 으르렁대는 소리, 비명 소리로 머릿속이 헝클어지는 것 같았다. 하얀 개는 민첩하게 움직였고 호락호락 당하지 않았다. 그러나 상대가 너무 많았다.

장발은 공격 자세로 천천히 움직이며 뛰어들 기회를 노렸다. 엎치락뒤치락 난장판이었다. 누가 누구를 물었는지 알 수 없지만 하얀 개가 밑에 깔렸다는 건 알 수 있었다.

"컹컹!"

장발은 발을 구르며 짖었다. 그러나 아무도 신경 쓰지 않았다. 이쪽은 쳐다보지도 않고 저희끼리 뒤엉켜서 뒹굴고 으르렁 댔다. 장발은 이리 뛰고 저리 뛰면서 왕왕거렸다. 그러다가 싸움판에 끼어들었고 닥치는 대로 물어뜯었다. 누군가 장발의 허벅지를 물고 늘어졌다.

"우와왕! 놔줘!"

장발은 비명과 함께 몸을 비틀었다. 그러자 배가 빳빳해지며 숨이 턱 막혔다. 곧 눈앞이 아득해지고 몸이 마비되는 것 같더니 꼼짝도 못할 지경이 되었다. 아무래도 몸이 잘못된 모양이었다. 장발은 풀이 무성한 구덩이에 엎어지고 말았다. 엎어진 몸뚱이 위로 누군가 나동그라지는 바람에 배가 터질 듯한 충격마저 받았다.

장발은 넋을 놓고 엎어져 있었다. 한참 만에 간신히 정신을 차리기는 했으나 일어날 엄두가 나지 않았다.

"그만! 이쯤 하자."

갈색 개가 먼저 물러났다. 그래도 하얀 개는 물고 있는 개의 목덜미를 놓지 않았다. 얼마든지 더 싸울 수 있다는 기세였다.

털이 까슬한 개는 목덜미를 물린 채 납작 엎드려 버둥대고 있었다. 모두 긁히고 뜯긴 자국으로 꼴이 엉망이었다.

"좋아. 네가 세다는 건 알았어."

갈색 개의 말을 듣고서야 하얀 개는 물고 있던 목덜미를 놓았다. 그러자 갈색 개가 장발을 턱으로 가리키며 피식 웃었다.

"쟤만 아니었으면 끝까지 해보는 건데……."

하얀 개가 장발을 돌아보았다. 여전히 식식대는 험상궂은 표정이었다. 장발은 눈길을 피했다. 어쩐지 하얀 개에게 잘못을 한 것 같아서였다.

네 마리 개가 저희끼리 어울려 멀어졌다. 조금도 기가 죽지 않은 당당한 걸음이었다. 그에 비해 하얀 개는 안쓰러울 만큼 어깨가 처져 있었다.

"가만있지 그랬어. 도와준 건 알겠는데, 날 부끄럽게 만든 거야. 우두머리는, 혼자 버티고 혼자 물러난다고."

장발은 가슴이 꽉 막히는 기분이었다. 하얀 개의 말이 마치 "난 이제 우두머리가 아냐." 하는 듯이 들렸다.

"……."

하얀 개가 천천히 멀어졌다. 꼼짝도 못할 정도로 충격을 받았는데 괜찮은지 묻지도 않았다. 장발은 너무나 섭섭하고 비참한 기분이었다. 멀어지는 하얀 개를 볼 수가 없었다. 무슨 말이든 하고 싶었지만 끝내 아무 말도 못하고 말았다. 어쩐지 다시는 만날 수 없을 것 같은 느낌마저 들어서 장발은 더더욱 멍하니 있었다.

"아!"

일어서려는데 앞다리가 푹 꺾였다. 허벅지 상처도 쿡쿡 쑤셨다. 핥아 보려고 했으나 불룩한 배 때문에 상처까지 입이 닿지 않았다.

배는 배대로 딱딱해져서 도저히 일어설 수가 없었다. 배 속의 새끼들이 겁을 먹은 게 틀림없었다.

늙은 고양이가 "네 몸을 보란 말이야!" 하고 충고했던 게 뒤늦게 떠올랐고, "이러다 길거리에서 새끼 낳겠군!" 하던 목청 씨의 말도 떠올랐다. 장발은 두려워졌다. 날은 어두워지고 있는데 집으로 갈 일이 막막한 것이다. 지나가는 사람조차 없었다.

얼마 지나지 않아 주위가 아주 깜깜해졌다. 가끔 자동차도 지나가고 자전거도 지나갔지만 어두워서 쓰러져 있는 장발을 아무도 보지 못했다.

"워어어어!"

장발은 목청을 돋워 보았다. 목청 씨가 듣도록. 그러나 소용없었다. 몇 번이나 길게 소리를 냈어도 알아듣고 와 주는 사람은 없었다. 밤이 깊도록 그랬다. 상처가 깊은지 시간이 갈수록 몸이 욱신거렸고 무섭게 떨리기까지 했다. 이대로 죽을지도 모른다는 생각이 들었다.

"집에 가고 싶다."

장발은 자기도 모르게 웅얼거렸다. 이런 생각이 든 건 참으로 오랜만이었다. 방죽에 빠졌다가 기어 나왔을 때 꼭 이런 마음이 들었던 것 같았다.

"오우우우우!"

다시 한 번 목을 놓아 울었다. 누구라도 들었으면 좋겠다는 마음이 간절했다. 기운이 없어서 더는 소리 내지 못할 거라고, 이게 마지막이라고 장발은 생각했다. 상처 때문에 몸이 떨리면서도 자꾸만 눈이 감겼다. 먼지바람과 차가운 밤공기가 코끝을 메마르게 했고, 목구멍조차 바싹 말렸다.

"자앙?"

장발은 귀가 번쩍 뜨였다. 너무나 귀에 익은 목소리. 가슴이 울컥하는 바람에 장발은 제대로 대꾸도 못했다. 더듬더듬 다가온 목청 씨가 얼굴을 들이밀고 장발을 살펴보려고 했다. 그러나 뭐가 보일 리 없었다. 장발을 들려고 했지만 너무 무거워 들 수도 없었다.

"도대체 뭔 짓이냐, 엉?"

목청 씨가 장발을 내려놓으며 성을 냈다. 하지만 손길은 조심스러웠다. 목청 씨의 손이 따뜻하게 배를 쓰다듬자 장발은 비로소 마음이 놓였다.

"기다려. 곧 오마."

목청 씨가 서둘러 가는 발소리를 들으며 장발은 편안히 머리를 뉘었다. 졸음이 또 몰려왔다. 까무룩 잠이 들었다가 장발은 몸이 번쩍 들리는 바람에 깼다. 목청 씨가 장발을 힘겹게 들어 올려 손수레에 실은 것이다.

"너처럼 고집 센 녀석은 처음이다. 자식 놈 속 썩일 때 같구나! 도무지 길이 안 들어. 말을 들어 먹지 않으니 마음을 놓을 수가 있어야지."

목청 씨가 투덜거리는 소리를 들으며, 손수레가 흔들리는 대로 흔들리면서 장발은 깊은 잠에 빠져들었다.

망나니 고리

"에고, 찬우 아버지! 고리 좀 가둬요. 메주콩에 털 들어가는 것 좀 봐."

할머니가 주걱을 휘두르며 고리를 쫓았다. 그러나 장난꾸러기 고리는 요리조리 내뺐다가도 금방 할머니 곁으로 가서 삶은 콩을 훔쳐 먹었다.

"요놈, 어디다 주둥이를 대!"

할머니가 고리를 쥐어박았다. 그러나 냉큼 피해서 할머니는 헛손질만 했다.

장발은 고리가 귀여우면서도 부러웠다. 구수한 메주콩을 먹고 싶어도 고리처럼 할 수가 없는 것이다. 할머니한테 맞을까 봐서가 아니었다. 목청 씨 때문이었다. 어리광을 피울 나이도 아닌 데다가, 목청 씨와는 어쩐지 서먹서먹해서 모든 일에 조심하게 되는 것이다. 만약 또 매를 맞거나 한다면 절대로 목청 씨를 용서할 수 없을 거라는 사실을 장발은 너무나 잘 알았다. 지금처럼이나마 지내려면 아주 작은 실수라도 하지 말아야 하는 것이다.

"요 녀석을 가두든가, 붙들어 매라니까요."

"걔를 가둬? 귀 따갑게 울어 대는 걸 어떻게 견디려고? 메주를 빨리 만들어 버리는 게 낫지!"

텃밭에서 배추를 묶으며 목청 씨가 껄껄 웃었다. 그 말은 맞았다. 부쩍 크기 시작한 고리는 아무도 못 말리는 망나니였으니까. 먹기도 잘 먹고, 뛰기도 잘 뛰고, 일도 잘 저지르는 게 고리였다. 물론 아주 잘생기기도 했다. 목청 씨가 굉장히 귀여워할 정도로. 사냥개 혈통인 아버지한테서 좋은 점을 물려받은 거라고 장발은 생각했다.

목청 씨는 새끼 일곱 마리를 모두 팔면서 고리는 남겨 두었다. 그것이 장발을 얼마나 기쁘게 했는지 모른다. 가장 튼튼하고 어여쁜 자식을 곁에 두고 커 가는 걸 바라볼 수 있다는 건 기쁨 중에서도 으뜸가는 기쁨이었던 것이다.

"고리야. 얌전하게 굴어라."

장발은 개집 앞에 엎드린 채 한마디 했다. 그러나 고리가 뭘 하든 장발은 즐거운 마음으로 지켜볼 수 있었다.

"왕왕왕!"

갑자기 고리가 텃밭으로 내달렸다. 어찌나 요란스러웠는지 모두 놀라서 쳐다보았다. 고리가 호박 넝쿨 아래에 막 다다랐을 때, 별안간 늙은 고양이가 담장으로 튀어 올랐다. 놀라서 허겁지겁 기어오르는 모양이 아주 위태로워 보였다. 담장에서 졸다가 떨어진 게 분명했다.

"이야옹. 애 버르장머리 좀 가르쳐!"

늙은 고양이가 툴툴거렸다. 장발은 입을 헤벌리고 웃었다. 목청 씨와 할머니도 한바탕 큰 소리로 웃었다.

"애를 저 모양으로 키워서 뭐에 쓴담. 어이, 장발. 내가 누군지 정도는 가르치란 말이야!"

"컹! 제 앞가림을 못하면 누구라도 당하는 거야."

장발은 늙은 고양이의 성질을 웃음으로 받아넘겼다.

"이야오옹. 저 망나니 때문에 낮잠도 맘대로 못 자고⋯⋯."

늙은 고양이가 이 앓는 소리를 내다가 횡하니 사라졌다.

"올해는 제법 감 좀 따겠네. 어느새 이 나무도 칠 년이야. 잘 버티고 서서 오래오래 감을 키워 내야 할 텐데."

"올핼랑 영선이네 좀 많이 줍시다. 작년에도 구시렁댑디다. 감나무는 자기가 심었는데 해마다 욕심은 딴 놈이 더 내니⋯⋯."

할머니가 메주를 투덕투덕 빚으며 말했다. 목청 씨는 솎아 낸 배추만 잠자코 다듬었다. 호기심 많은 고리는 목청 씨 곁으로 가서 배추에 코를 박고 킁킁거렸다. 그러다가 배추 꼬랑지에서 꼬무락거리고 있는 지렁이를 보고는 기겁해서 물러났다.

"나무 임자가 맘 상하면 안 되잖우. 영선이가 첫 자식 낳은 기념으로 심은 건데, 임자 맘이 좋아야 나무도 잘 크지."

"나무 임자가 따로 있나. 나눠 먹으면 그걸로 되는 거지. 그리고 내가 저한테는 이쁜 것만 골라서 주는데? 딸이라고 긁힌 데 없고 빠알간 것만 따로 모았다가 준다고, 내가."

"아이구, 그러셨어요?"

"빨리 끝내고 김치나 담가 줘. 괜찮다는데도 억지로 예약했으면 알아서 시간을 맞춰야지."

"찬우 가게 먼저 들르시게요?"

"그럼. 시내까지 가면서 거기 안 들러? 보나마나 김치도 다 떨어졌을걸! 저번에 동이가 로봇 장난감도 놓고 갔잖아. 걘 그거 없으면 안 되는데."

"그게 뭐 중요하다고······."

할머니 얼굴이 어두워지며 말꼬리가 흐려졌다. 한동안 목청 씨와 할머니는 잠자코 일만 했다. 목청 씨는 담배를 피우며 쪽파를 다듬었고, 할머니는 부랴부랴 배추를 절였다. 그리고 삶은 콩을 절구에 찧어 네모나게 빚었다. 말끔하니 빚은 메주는 고리가 넘보지 못하도록 옹달지고 높다란 평상에 짚을 깔고 널었다.

할머니 일은 오후에나 끝이 났다. 목청 씨가 진작부터 외출복을 입고 나와서 재촉을 해 대는 바람에 허리 한 번 펴 보지 못하고 서둘렀어도 그랬다.

"어지간히 꾸물대야 말이지. 병원 예약을 내가 했느냔 말이야. 가기 싫다는데 기어이 약속을 잡아 놓고 이렇게 뜸을 들이면 어떡해!"

"아, 다 됐어요. 잔소리 좀 그만 하슈."

"잔소리? 눈 있으면 보라고. 해가 다 넘어가는구먼!"

자전거에 김치 통을 실으면서도 목청 씨는 불퉁거렸다. 대문을 나서면서도 마찬가지였다. 하지만 양복 자락을 바람에 날리며 달려가는 모습은 어린애 같았다.

할머니는 비로소 한시름 놓으며 의자에 앉았다. 목까지 기댈 수 있는 푹신한 목청 씨의 의자는 마루 아래에 놓여 있어서 편안히 기대앉아 볕을 쬐기에 딱 좋았다.

"제발 별일 아니어야 할 텐데……."

할머니가 중얼거렸다. 고리가 앞발을 들어 할머니의 무릎에 얹었다. 안아 달라고 응석 부리는 것이다. 그러나 안아 주기에는 고리가 너무 커 버렸다.

장발은 할머니의 어두운 얼굴을 물끄러미 바라보았다. 감나무 이파리들이 바람에 흔들리며 할머니의 얼굴에 간간이 그늘을 만들어서 어쩐지 불길한 느낌마저 들었다. 마치 슬픔이 드리워진 것만 같았다.

"컹컹! 할머니, 배고파요."

장발은 일부러 큰 소리를 냈다. 할머니가 문득 정신을 차리며 장발을 보았다. 그리고 마당에 널려 있는 설거지 거리들을 주욱 둘러보았다.

"에고, 내 팔자야. 아직도 안 끝났구나. 개밥도 줘야 하고.

이런, 전화까지 오네. 기다려라."

할머니가 허리를 두드리며 안으로 들어갔다. 그러자 고리가 냉큼 할머니의 신발을 물고 앉았다. 할머니가 나오자마자 고리는 엉덩이를 맞을 게 뻔하다.

장발은 어슬렁어슬렁 다가가 고리를 건드렸다.

"너무 못 쓰게 만들지 마라."

고리가 찡그린 채 고개를 흔들었다.

"콩만큼 맛이 없어. 그거 더 먹고 싶은데."

"할머니가 금방 저녁 줄 거야."

장발이 의자 밑에 길게 눕자 고리가 와서 배를 베고 따라 누웠다. 안에서는 아직도 할머니가 전화를 받고 있었다.

"설사를 자꾸 하셔서 그렇지, 크게 편찮으신 데는 없어요. ……, 입맛도 없으신 것 같고. 예, 시누님 오시면 좋지요. 오랜만이잖아요. 예……."

고리가 눈알을 반짝이며 장발을 보았다.

"엄마, 시누님이 뭐야?"

"시누님? 그게 뭐냐면. 음……."

장발은 고개를 쳐들고 눈을 끔뻑거렸다. 그런 말은 난생 처음 들어 봐서 뭐라고 해 줄 말이 없었던 것이다.

"아, 그건 말이야. 좋은 거야. 그래. 아주 좋은 거."

그러자 담장에서 늙은 고양이가 킥킥대는 소리가 들렸다. 어느 결에 올라왔는지 늙은 고양이가 앞발을 베고 엎드려 있었다.

"시누님이 좋은 거라고? 크흐흐흐. 자앙. 차라리 모른다고 해라. 아주 좋은 거라고? 큭큭큭."

"망망. 몰래 엿듣는 건 나빠요!"

늙은 고양이의 비아냥거림을 고리가 냉큼 받아쳤다. 장발은 고리가 그러는 게 자기를 닮은 것 같아 흐뭇했다. 털이 짧고 반지르르 윤기가 흘러서 사실은 고리가 더 멋지지만 적어도 반듯하고 호기심 많은 성격은 자기를 빼닮았다고 믿었다.

"떽! 말버르장머리하고는. 귀 밝은 것도 잘못이란 말이냐? 요즘 것들은 철이 너무 없어. 요 망나니, 아무 때고 나한테 궁둥이 맞을 줄 알아라."

"망망! 이쪽으로 오기만 해 봐요. 내가 먼저 물어 줄 테니까!"

"쯧쯧. 땅만 보고 사는 것들은 어쩔 수가 없어."

또 졸음이 오는지 늙은 고양이가 입을 쩌억 벌리고 하품했다. 늙었는데도 이빨이 여전히 날카롭다는 게 장발은 미덥지가 않았다. 졸다가 담장에서 떨어지기도 하겠지만, 그러면 고리가 신나서 달려들겠지만, 어느 틈에 이빨을 쓸지 모를 게 바로 고양이인 것이다.

"누가 나랑 같이 양계장에 갈래?"

설거지를 끝내고 할머니가 물었다. 대답할 것도 없이 꼬리를 짤짤 흔들며 고리가 나섰다. 장발은 대문 앞까지 따라가서 바구니를 든 할머니와 고리를 배웅했다. 둘은 밭둑을 따라 총총 걸어갔다. 문득 장발은 머리가 핑 도는 듯한 어지럼증을 느꼈다. 햇빛 때문이었을까. 까불대며 앞서거니 뒤서거니 하는 고리가 마치 허공을 걸어가는 것처럼 반짝거린다고 장발은 느꼈다.

괴상한 시누님

"아이고, 오라버니. 몸은 괜찮유?"

"암만, 까딱없다. 기차 멀미는 안 했고?"

"요새 기차는 원체 좋아서 펜히 왔슈."

목청 씨와 손님이 어린애처럼 손을 맞잡고 기뻐했다. 장발은 목청 씨가 그렇게 활짝 웃고 들떠서 말하는 걸 처음 보았다.

장발과 고리는 손님이 내려놓은 커다란 상자를 뚫어져라

보았다. 상자는 노끈으로 바짝 동여매져 있었고 뚜껑 한쪽은 구멍이 나 있었다. 그런데 그 구멍으로 닭이 목을 내놓고 있는 것이다. 붉은 갈색 깃털에 또렷한 볏을 가진 암탉이었다. 하지만 눈동자는 흐릿하고 모가지는 구부정하게 수그러져 곧 죽을 모양이었다. 고리가 살금살금 다가가 툭툭 쳐도 별 반응이 없었다.

"아, 이게 시누님이구나!"

고리가 쫑알거렸다.

"찹쌀이랑 약 닭인께 같이 넣고 푸욱 고면 약이 될 끼유. 무겁지만 않으면 더 이고 올걸. 당최 모가지가 분질러지는 거 같아서."

손님이 노끈을 풀고 상자를 열었다. 그리고 닭을 꺼냈다. 닭은 힘없이 쓰러져서는 발가락을 오그리며 파르르 떨었다.

"아이고, 힘들게 농사지어서 다 퍼 왔구나. 말가웃은 족히 되겠다! 그런데 이건 씨암탉 아녀?"

"씨암탉이믄 어때유. 오라버니 몸에 좋다믄야……."

"어째 비실비실한 게, 죽을라나?"

목청 씨가 건드리자 닭이 눈을 빠끔히 떴다가 다시 까무룩 감았다. 죽지 않았다는 걸 알리려는 듯이 말이다.

"촌닭이라 기차를 타 봤어야지. 멀미해서 그럴 끼유."

손님이 대수롭지 않게 대답하자 목청 씨도 더 신경 쓰지 않았다. 장발과 고리만 닭 주변에서 얼쩡거렸다. 장발은 곧 심드렁해졌지만 고리는 끈질기게 닭을 건드리고 귀찮게 했다. 그래도 닭은 고작 눈이나 깜빡거렸을 뿐이다.

어두워졌을 때 고리가 소리쳤다.

"시누님이 살아났다."

정말이었다. 그대로 죽을 것만 같던 닭이 멀쩡해져서는 집 안팎을 두리번거리며 돌아다니게 된 것이다. 손님이 저만 두고서 돌아갔는데 찾거나 이곳을 낯설어 하지도 않았다.

"난 못 잡으니까 당신이 알아서 해요."

할머니가 목청 씨에게 칼을 내밀었다. 장발과 고리는 흠칫 놀라서 물러났다. 목청 씨는 찡그린 채 칼을 받더니 닭을 보기만 했다.

"오늘 잡아야 과서 내일 아침에 먹지요."

할머니의 재촉에 목청 씨는 고개만 끄덕였다. 하지만 평상에 걸터앉아 바라보기만 했지 뭘 어떻게 하지는 않았다. 깜깜해질 때까지 그랬다.

어두컴컴해졌을 때서야 목청 씨가 닭을 붙들려고 뛰어다녔다. 어찌나 잽싼지 닭은 요리조리 잘도 빠져나갔다. 장독 위로 뛰어오르기도 하고 날개를 푸드덕대면서 날기도 했다.

"망망! 시누님, 굉장하다!"

고리가 신나서 덩달아 뛰어다녔다. 장발은 정신이 하나도 없어서 아예 개집에 들어가 눈만 내놓고 구경했다. 담장 위에서는 늙은 고양이가 내려다보며 깔깔댔다. 한참 만에야 목청 씨가 닭의 날갯죽지를 움켜쥐었다.

"아이고, 숨차다. 요놈, 어디 맛 좀 봐라!"

목청 씨는 함지박을 엎어 닭을 가두었다. 그리고 식식거리며 광으로 가더니 새끼줄을 가지고 나왔다. 닭이 얼마나 기운차게 푸덕거리는지 함지박이 들썩거릴 정도였다. 목청 씨는 새끼줄로 올가미를 만들어 닭 목에 끼웠다.

"칼로 어쩌라고. 에이, 난 그런 거 못해."

목청 씨가 중얼거리며 새끼줄을 잡아당겼다. 그리고 감나무 가지에 새끼줄을 걸었다. 닭은 매달린 채 허우적거렸다. 날개를 푸드덕거렸고 허공을 할퀴려는 듯 발톱을 사납게 휘저었다. 그 모습이 안타까워서 고리가 감나무 밑으로 가서 망망 짖었다. 장발도 찡그린 채 다가가 올려다보았다.

"내일 아침이면 끝나 있겠지."

목청 씨가 손을 털고 안으로 들어갔다.

"엄마. 시누님을 왜 저렇게 하는데?"

"킥킥. 그게 내일 아침까지 거기 있을까?"

장발이 대답도 하기 전에 늙은 고양이가 끼어들었다. 수염을 쓰다듬고 혓바닥으로 발톱을 핥아 대면서. 목소리는 여느 때보다 능글맞고 느끼한 냄새 또한 심했다.

"컹! 무슨 짓을 하려는 건 아니지?"

"내가 뭘? 무슨 짓을 하는 건 언제나 밤이지."

"컹컹! 또 헛소리! 내가 똑똑히 볼 거야. 섣부른 짓은 꿈도 꾸지 말라고."

"이야옹. 무섭기도 해라. 감히 내가 뭘 어쩌겠니. 달만 떠도 네 몸에서는 빛이 나는데, 눈까지 부릅뜨겠다고? 무서워 죽겠네. 킥킥."

"내 몸에서 빛이 나? 달만 떠도?"

장발은 고개를 갸웃했다. 늙은 고양이가 헛소리를 하는 건지 진짜를 말하는 건지 알 수가 없었다. 그러나 곧 늙은 고양이의 비아냥거리는 말은 별로 믿을 만한 게 못 된다고 생각했다.

"그러니까 내가 널 좋아하지. 넌 다른 개랑 다르거든."

"나를 좋아한다고?"

"뭐, 개들 중에서는 봐 줄 만하다는 거야."

"빛이 난다면서?"

"그게 말이야. 내 눈이 너무 밝아서 그런가, 밤에는 네 몸이 푸르스름하게 보여. 아마 내 눈이 아직 초롱초롱하기 때문이겠지. 고양이 가문에서도 난 뛰어난 혈통이라…….”

“푸르스름하다고? 그런 말장난은 이제 신물이 나.”

“믿거나 말거나. 원래 자기를 가장 모르는 게 자기니까.”

“쥐뿔도 모르면서 똑똑한 척은 다 하지! 뛰어난 혈통은 그
렇게 남의 집이나 엿보고 어슬렁거리기나 하니?”

장발은 따끔하게 말해 주었다.

“쳇. 난 산책을 할 뿐이야!”

뾰로통해졌을 뿐 늙은 고양이는 담장을 떠나지 않았다.

“고양이 목소리는 원래 간드러지지. 거기에 넘어가면 감춘
이빨을 못 본단 말이야. 하지만 내겐 어림없어…….”

장발은 혼잣말을 하며 주의 깊게 담장을 살폈다. 졸음을 못
참아 깜빡깜빡 졸기도 했지만 거의 뜬눈으로 밤을 보내다시피
했다. 두 개의 빛나는 눈이 담장을 오락가락할 뿐 장발이 보고
있는 동안에는 아무 일도 일어나지 않았다. 하지만 어느 순간
일이 벌어졌다. 어둠 속에서.

무슨 일이 생겼는지 장발로서는 알 수가 없었다. 그저 감나

무 밑으로 가서 짖기만 했다. 달이 밝게 떴지만, 그래서 닭과 고양이가 엎치락뒤치락한다는 건 알았지만 그림자를 구경하는 정도에 불과했다.

푸드덕거리는 소리와 귀를 베는 듯한 소름 끼치는 숨소리가 뒤엉키고 피 냄새가 훅 끼쳤다는 것만 깨달았을 뿐 장발은 공중에서 벌어지는 일에 끼어들 수도 없었다. 게다가 그 일은 아주 잠깐 사이에 끝나 버렸다. 누군가 다쳤다는 것만은 확실했다.

이튿날 아침.

"_꼬끄르르르!_"

장발은 놀라서 화들짝 일어났다. 그리고 당장 소리가 난 곳으로 다가갔다. 감나무였다. 감나무 가지에서 닭이 날개를 푸덕거리며 홰를 치고 있는 것이다.

"_꼬끄르르르!_ 아침이다!"

마치 수탉처럼 소리치고 있는 닭을 보면서 장발은 눈이 휘둥그레졌다. 목청 씨가 걸어 놓은 새끼줄이 그대로 있어서 닭이 꼭 목걸이를 하고 있는 것 같았다. 아니, 보란 듯이 가슴을 내밀고 있어서 새끼줄이 자랑스러운 장식처럼 보였다.

"얼굴이 왜 그래요?"

고리의 말에 장발은 더더욱 눈이 커다래졌다. 담장에 나타 난 늙은 고양이의 얼굴이 죽 그어진 상처와 핏자국으로 볼만 했던 것이다. 늙은 고양이는 볼이 잔뜩 부어서 홰를 치고 자랑 스럽게 날아 내려오는 닭을 째려보기만 했다.

"꼬맹이야. 날더러 시누님이라고? 좋아, 그러지 뭐."

닭이 새끼줄이 걸린 가슴을 내밀며 고개를 끄덕였다. 아니, 시누님이.

남는 것도
떠나는 것도

장발은 다시 묶이는 신세가 됐다. 기를 쓰고 버텼지만 기어이 묶이고 말았다. 시누님 때문이었다. 장발이 시누님을 물어서 거의 죽일 뻔했던 것이다.

장발이 묶이자 시누님만 살판났다. 목청 씨가 어디서 수탉까지 데려온다니 말이다. 잡아먹느니 날마다 달걀을 얻는 게 낫다는 게 목청 씨의 결론이라서.

"캉캉! 시누님 나빠! 그건 내 밥이잖아!"

고리가 앙알거렸지만 시누님은 아랑곳하지 않았다. 고리의 밥그릇을 차지하고 얼씬도 못하게 하면서 혼자 다 먹어 치우려는 것이다. 시누님이 온 뒤부터 고리는 항상 배를 곯았고 겁쟁이가 돼 버렸다.

고리가 슬금슬금 눈치를 보며 밥그릇으로 다가갔다. 그러자 시누님이 고개를 쳐들더니 눈을 깜빡거렸다. 시누님은 많이 먹을뿐만 아니라 사납기까지 해서 장발은 걱정이 됐다.

고리가 밥그릇에 슬그머니 주둥이를 댔다.

"어딜!"

순식간이었다. 시누님이 고리의 콧잔등을 앙칼지게 쫀 것이다. 고리는 비명을 지르며 엉덩방아를 찧었다. 콧잔등이 찢어지고 피가 흘렀다. 저번에도 그랬는데, 그래서 장발이 쫓아가 날개를 물어뜯을 뻔했는데.

고리가 울면서 장발에게 달려왔다. 그러고는 뒤로 가서 숨었다.

"컹컹! 밥그릇을 내놔. 이 왈패야!"

"왈패라고?"

"오냐. 너 때문에, 얘 꼴 좀 보라고!"

"내가 뭘 어쨌다고 수선이야? 나도 밥그릇에다 먹고 싶었을 뿐인데. 난 손님이라고. 손님이 땅바닥에 뿌려진 거나 먹어야 되겠어?"

"손님? 죽으려다 겨우 살아난 주제에!"

"난 이제 손님도 아냐. 귀한 암탉이라고. 알을 낳을 테니까! 그러니 누구든 대접을 해 줘야지."

"왕! 돼먹지 못한 암탉 같으니라고! 진작 약이나 됐어야 하는데."

"천만에! 내가 그렇게 만만할 줄 알아?"

시누님은 결코 기가 죽지 않았다. 시간이 갈수록 당당해지는 것 같았다. 장발은 약이 올라 경중거렸다. 그러나 시누님은 눈도 꿈쩍이지 않고 밥그릇을 쪼아 댔다. 방정맞은 입질에 밥알이 사방으로 튀었다.

"젠장! 묶이지만 않았어도……."

그랬으면 한입에 해치웠을 것이다. 하지만 시누님이 볕을 쬐며 졸거나 고리의 밥을 빼앗아 먹느라 정신을 놓고 있을 때 그럴 수 있다는 말이다. 사실 시누님을 잡아서 어떻게 하는 건 불가능해 보였다. 성큼성큼 잘도 뛰는 데다가 급하면 날기도 하는 게 시누님이었다. 담장까지 날아오르는 건 보통이었다. 그 바람에 늙은 고양이조차 담장에서 쫓겨나 지붕을 타고 다니게 됐으니까.

"어지러워. 그렇지만 난 뭐든지 잘해."

시누님이 감나무에서 담장으로 건너뛰더니 말했다. 담장에서는 곧바로 지붕으로 푸드득 올라갔다. 거기서 동네를 내려다보며 구경하고, 마당으로 뛰어내리는 게 시누님의 취미였다. 배고프면 흙을 뒤지고 심심하면 고리를 쪼아 대며 귀찮게 했다. 고리는 시누님을 피해 다니느라 바빴다.

"언제든 틈만 보이면, 언제든 틈만 보이면……."

늙은 고양이가 지붕 위에서 중얼거렸다. 그러나 이쪽으로는 가까이 오지도 않았고, 시누님이 달려들까 봐 긴장하고 있는 태도였다.

띠리릭 띠리릭.

안에서는 아까부터 전화 소리가 났다. 아침부터 그랬다. 끊어졌다가 다시 소리 나고, 조용하다가 또 소리가 났다. 그러나 목청 씨는 가게에 나갔고, 할머니는 장사하러 나갔다. 한참 동안 울리던 전화 소리가 멎었다.

"수탉을 데려올 거다. 영감이 수탉을⋯⋯."

시누님이 지붕에서 뛰어내렸다. 날개를 쫙 펴고 날 듯이 뛰어내리며 "수탉만 오면 너도 오금이 저릴걸!" 하고 약 올리는 바람에 장발은 기분이 또 꽉 상했다. 개집 앞으로만 와도 어떻게 해 보겠는데 시누님은 용케도 장발이 닿지 않는 곳으로만 피해 다녔다.

"영감이 온다!"

감나무에서 밖을 내다보던 시누님이 외쳤다.

정말이었다. 훤한 대낮인데 목청 씨가 돌아왔다. 신경이 온통 시누님한테 쏠려서 장발은 목청 씨의 싸한 냄새도 못 맡았던 것이다.

목청 씨는 자전거도 없이 천천히 걸어서 돌아왔다. 얼굴이 핼쑥하고 걸음걸이가 휘청거리는 게 불안해 보였다.

"수탉은? 수탉은 어디 있어?"

시누님이 목청 씨의 주변을 살피며 꼬꼬댁거렸다.

"윙윙. 왜 그래? 쓰러질 것 같잖아."

장발은 목청 씨의 뒤에 대고 걱정스레 물었다. 목청 씨는 의자로 천천히 가서 앉았다. 그리고 목을 기댄 채 눈을 감았다. 그렇게 한참 동안 있었다.

"이럴 수가. 영감이 혼자 왔어. 혼자……."

시누님이 목청 씨 앞을 짤짤거리고 쏘다니며 투덜댔다. 목청 씨가 눈길도 안 주자 화단으로 가서는 땅을 헤집어 파며 먼지를 피우기도 했다. 안에서는 또 전화 소리가 나기 시작했다. 그래도 목청 씨는 그대로 있었다.

쉬는 건지, 자는 건지 알 수가 없었다. 목청 씨의 목은 옆으로 비뚤어졌고, 팔은 의자 아래까지 늘어졌다. 감나무 이파리 그림자가 목청 씨 얼굴에 우울하게 드리워졌다.

동이 아빠가 들어섰다. 장발은 동이를 데려오지 않은 게 조금 섭섭했다. 동이 아빠는 목청 씨를 힐끗 보고는 얼른 들어가서 전화를 받았다. 한참 뒤에 나온 동이 아빠의 얼굴이 몹시 어두웠다.

"큰 병원에 가 보라니. 이걸 알면 얼마나 놀라실까⋯⋯."

하늘을 보며 중얼거리는 동이 아빠의 말소리에 장발은 귀를 쫑긋 움직였다. 목청 씨는 그대로 있었다.

동이 아빠가 몸을 굽히더니 잠든 목청 씨를 가만히 바라보았다. 그러고는 낮고 부드러운 소리로 목청 씨를 깨웠고 팔을 부축해서 안으로 데려갔다.

이튿날 아침, 안에서 동이 아빠와 목청 씨가 나왔다. 목청 씨의 눈은 퀭하니 어두웠고 얼굴도 한층 더 핼쑥해진 것 같았다.

"사료 값도 들고, 챙기지도 못할 텐데. 아예 둘 다 넘기지요?"

동이 아빠의 말에 장발의 귀가 번쩍 뜨였다. 불길했다.

"이젠 아버지 몸만 생각하셔야 해요."

목청 씨는 의자에 앉아 담배에 불을 댕길 뿐이었다.

"아버지. 의사가 담배 안 된다고 했잖아요."

"평생 버릇인 걸 어떡해. 약 먹어서 이젠 속도 편안하고. 배탈 좀 난 걸 가지고 수선은……."

목청 씨는 기어이 담배를 피웠다. 그러나 곧 기침이 터져 나와서 꺼야만 했다. 목청 씨는 길게 한숨을 쉬더니 메마르고 낮은 소리로 말했다.

"두 마리 다 파는 건 안 돼. 집이 텅 비잖아. 사람 사는 집에서는 애 울음소리도 나야 하고, 음식 냄새도 나야 하는데, 여기에 늙은이들 말고 뭐가 더 있느냐."

"아버지도 참……."

"개마저 없으면 너무 썰렁하지."

목청 씨가 장발을 물끄러미 보았다.

장발도 멍하니 목청 씨를 보았다. 목청 씨의 말은, 고리나 자기 중에서 하나를 팔겠다는 것이다. 팔린다는 건 여기로 다시는 못 돌아온다는 뜻이다. 여태까지 많은 강아지들을 팔아 넘겼으면서, 겨우 고리 하나를 남겼으면서 또 그런 말을 하다니, 장발은 도무지 이해할 수가 없었다.

"어미, 새끼 중에 어떤 녀석이요?"

동이 아빠 물음에 장발은 숨이 잠깐 멎는 듯했다. 목청 씨는 아무 말도 안 했다. 동이 아빠도 더 묻지 않았다. 그러나 장발은 목이 타는 기분으로 목청 씨를 지켜보았고 무슨 대답이 나올지 가슴을 졸였다.

목청 씨는 핼쑥한 얼굴을 하고도 아침에 할 일을 하나씩 했다. 마당을 쓸었고, 화단의 풀을 뽑았고, 밭에 물을 주었다. 그리고 장발과 고리의 아침을 챙겨 주었다.

"자앙. 많이 먹어라."

목청 씨가 장발의 밥그릇에 고깃국을 부어 주며 머리를 쓰다듬었다. 순간 장발은 목이 콱 조여드는 느낌이었다. 고리에게는 사료를 주고 자기한테는 고깃국을 주는 게 바로 대답이라는 걸 깨달은 것이다.

'나를 팔 거구나…….'

가슴에 슬픔이 차올라 목까지 뻑뻑해졌다. 눈물이 핑 돌아서 가만히 바라보자 목청 씨가 고개를 돌려 버렸다. 장발은 그것조차 서운했다. 생각해 보니 목청 씨와는 가까이서 눈을 마주친 적도 없었다. 장발은 분노보다 속이 쿡쿡 쑤시는 아픔이 느껴졌다. 여기를 떠나면 어디로 가는지, 어떻게 될지 아무것도 상상할 수가 없다. 그러나 누구든 떠나야 한다면 어린 고리가 남는 게 옳다고 생각했다.

고리의 사료를 빼앗아 먹을 게 못 되는지 시누님이 장발에게 다가왔다. 고깃국에 말은 밥이 먹음직스러웠던 것이다. 게다가 장발이 입도 대지 않고 있어서 시누님은 침만 흘리고 있을 수가 없었던 것이다.

"저리 못 가!"

목청 씨가 시누님을 떠다박질렀다. 시누님은 나동그라진 채 죽는다고 꼬꼬댁거렸다. 담장 위에서 늙은 고양이가 킬킬댔다. 그러나 장발은 목을 늘어뜨리고 개집으로 들어가 웅크렸을 뿐이다. 고리도 따라 들어와 몸을 맞대고 누웠다. 둘이 있을 곳이 아니라서 비좁았지만 장발은 고리의 몸이 따뜻해서 좋았고, 아픈 가슴을 단단히 조여 주는 것 같아서 그나마 견딜 만했다.

"엄마. 나쁜 일이 생기려나 봐."

두려움을 느낀 듯 고리가 기어드는 소리로 말했다. 장발은 혀로 고리의 얼굴을 쓰다듬어 주었다. 그러나 바싹 마른 혀는 거칠기만 했다.

"그래. 아마도……."

"무슨 일인데?"

"……."

장발은 한숨만 쉬었다. 나쁜 일은 겪을 만큼 겪은 줄 알았는데, 더 이상 슬퍼지는 일 따위는 없을 줄 알았는데.

'겨울이 감춘 게 아직 더 있는 모양이야. 또 무슨 짓을 저지르려고…….'

장발은 깊은 숨을 가만히 몰아쉬었다. 어린 고리가 불안해하지 않도록 조심스럽게 말이다.

"큰 놈이요? 아, 그 삽사리 잡종."

장발은 귀가 쫑긋해서 고개를 쳐들었다. 온몸의 신경이 파닥파닥 일어서는 듯했다. 개장수의 목소리를 들은 것이다. 눈앞이 아찔하고 두려움이 확 일었다.

"커엉! 저놈한테 날 판다고?"

벼락같이 짖으며 장발은 튀어 나갔다. 밥그릇을 차고앉아서 정신없이 쪼아 먹던 시누님이 기겁을 해서 내뺐다. 개장수가 철망 상자가 실린 자전거를 세우며 장발을 흘끔 보았다.

"커엉! 저놈한테 날 보내지 마!"

장발은 가슴이 아프게 긁히는 걸 느꼈다. 몸속 어디에 날카로운 가시라도 숨었던 것인지 짖을 때마다 가슴과 목구멍을 상처 내면서 무언가 빠져나가는 것만 같았다.

"이크! 저렇게 날뛰는 걸 어떻게 잡나. 하여간, 보통내기가 아니에요. 순종이었으면 굉장했을 거라고요. 하하하."

개장수가 너스레를 떨었지만 목청 씨도 동이 아빠도 잠자코 있었다. 목청 씨는 장발이 길길이 날뛰는 모양을 물끄러미 보기만 했다.

"흠흠. 어르신네 강아지를 사려면 내년에나 와야겠어요. 새끼가 씨 어미로 크려면 한참 있어야겠는걸요."

개장수가 어깨를 으쓱하며 고리를 가리켰다. 장발은 가슴이 덜컥 했다. 화가 나서 고리 생각을 못한 것이다. 자기가 아니면 결국 고리가 개장수를 따라가야 하는데 그건 더 견딜 수 없는 일이다.

"아아, 나한테 왜 자꾸 이런 짓을 하느냔 말이야!"

장발은 짖고 또 짖었다. 짖으면서 울었다.

"이상하군. 장발이 김 씨만 보면 참지 못하네그려."

"그, 그럴 리가요. 개들이란 원래 그렇죠."

"하긴, 개들한테야 김 씨는 저승사자니……."

"……."

목청 씨의 말에 개장수가 입을 꾹 다물었다. 몹시 언짢았는지 개장수의 볼이 씰룩였다. 목청 씨는 구부정한 등을 보이며 의자로 가서 앉았다. 의자에 앉은 채로 목청 씨가 장발을 한참

이나 바라보았다. 장발은 계속 짖었고 개장수는 못마땅한 얼굴로 엉거주춤 서서 입맛을 다셨다.

시간이 조금 지나자 개장수가 짜증스러운 듯 내뱉었다.

"영감님. 개 안 파실 거면 저는……."

"흐음……."

"제가 다른 데도 가 봐야 돼서."

"저 녀석을 데려가오."

목청 씨가 턱으로 고리를 가리켰다. 장발은 눈앞이 아득했다. 목청 씨 마음이 갑자기 왜 바뀌었는지 모르겠지만 이건 안 될 일이었다. 어린 고리가 개장수를 따라가는 건 정말 싫었다.

"우워어어어. 그러지 마……."

장발은 목청 씨를 보며 애원했다. 남는 것도 떠나는 것도 견디기 어려운 슬픔이라는 걸 알아주기 바랐다. 하지만 목청 씨는 장발을 보지 않았다. 담배에 불을 붙였다가 허리가 끊어져라 바튼 기침만 해 댔을 뿐이다.

장발이 목줄이 끊어져라 길길이 날뛰는데도 개장수는 고리를 잡아다 철망 상자에 넣었다. 고리가 겁먹은 채 울부짖었다. 그러자 오래전, 어미와 형제들이 철망 속에 구겨지듯 갇혀 끌려갔던 게 똑똑히 되살아났다. 철망에 얼굴을 바싹 댄 채 까만 눈으로 고리가 장발을 보았다. 너무나 겁을 먹어서 멍한 눈빛이었다.

"값은 잘해 드리는 거예요. 단골이라."

개장수가 퉁명스레 말하고는 대문을 나갔다. 장발은 목줄을 물어뜯기 시작했다. 쇠사슬이 이빨에 딱딱 부딪힐 때마다 뒤통수를 얻어맞는 것처럼 머리통이 울렸다. 고리의 울음 섞인 외침이 담을 넘어 들려왔고 장발은 길게 목을 빼고 울음으로 불러 본 게 고작이었다.

믿을 수 없지만 세상은 금방 조용해지고 말았다.

슬픔이 찾아오거든

목을 채웠던 줄이 풀렸다. 전처럼 장발이 또 먹이를 거부했기 때문이다. 대신 시누님이 철망 개집에 갇혔다. 시누님이 난리를 피워 댔어도 목청 씨는 들은 척도 안 했다. 풀어 놨다가는 장발이 가만두지 않을 거라고 생각한 것이다.

목청 씨는 다시 가게에 나가기 시작했다. 그러나 몸이 전 같지 않은지 일찌감치 들어오는 날이 많았고 표정은 늘 우울했다. 장발은 목청 씨 곁에 가지 않았다. 밥을 갖다 줘도 목청 씨가 안 보여야 조금 먹었다. 그리고 밖으로 나가 온종일 쏘다니다 지쳐야만 돌아왔다.

오늘도 장발은 터덜터덜 동네로 들어섰다. 초등학교 뒤까지 갔다가 허탕을 치고 오는 길이었다.

"고리는 어디로 갔을까. 아! 떠나간 식구들은 대체 어디에 있나……."

장발은 마을 경로당 근처에서 멈춰 섰다. 목청 씨가 자전거를 세워 두고 길가에 쭈그려 앉아 있는 걸 본 것이다. 전 같으면 곁으로 다가갔을 테지만 장발은 멀찌감치 서서 보기만 했다.

"대체 뭘 보고 있는 거지?"

장발은 길 가장자리로 가 보았다. 밭고랑에 길고 둥그런 모양으로 비틀려 있는 철 계단이 버려져 있었다.

"장발. 또 어딜 갔다 오는 게냐?"

목청 씨에게 퉁바리를 맞고도 장발은 눈썹 하나 깜짝이지 않았다.

"허구한 날 쏘다니는구나. 너 같은 개를 봐 주는 건 아마 나밖에 없을 거다."

포기했다는 듯 한숨 쉬고는 목청 씨가 손짓했다.

"집에 가자."

장발은 자전거를 끌고 걸어가는 목청 씨를 잠자코 따랐다. 거리를 두고서 천천히. 그러다가 목청 씨가 뒤돌아보면 걸음을 딱 멈추었다.

고리가 팔려 간 뒤부터 장발은 목청 씨를 똑바로 쳐다보지 않았고 등을 쓰다듬도록 가만히 있지도 않았다. 멀리 갔다가도 기어이 집으로 돌아오고 마는 자기 자신도 싫었다.

대문 열리는 소리에 놀라서 철망 앞을 어슬렁거리던 늙은 고양이가 펄쩍 뛰어 달아났다. 곧이어 시누님이 불평하는 소리가 귀 따갑게 들려왔다.

"날 놓아 달란 말이야! 저 늙은 고양이를 혼내 주고 말겠어! 내게 뭐라고 한 줄 알아? 이빨 맛을 보여 주겠대!"

목청 씨는 시누님을 쳐다보지도 않았다. 장발도 잠자코 개집으로 들어가 웅크렸을 따름이다.

"나야말로 부리 맛을 제대로 보여 줄 거라고!"

시누님이 철망 안을 종종걸음으로 왔다 갔다 하면서 씨부렁댔다. 장발은 앞다리로 귀를 막았다. 그러나 목청 씨가 손수레를 끌고 나가는 바람에 슬그머니 내다보았다. 목청 씨가 끌고 다니는 건 언제나 자전거였기 때문이다. 어제처럼 밭에서 채소를 뽑아 팔러 가는 일이 아니라면 손수레는 주로 집 안에서만 썼다. 그런데 지금 빈 수레를 끌고 나간 것이다.

"뭘 하려는 거지?"

장발은 엎드린 채 중얼거렸다. 목청 씨가 뭘 하거나 말거나 관심 두지 말아야 하는데 자기도 모르게 신경 쓰이는 것이 못마땅했다. 장발은 눈을 딱 감고 몸을 더 웅크렸다. 그렇게 한참 동안 있었다. 그러나 결국 장발은 일어났고 대문 밖으로 나와 보았다. 경로당 쪽에 목청 씨가 있었다. 눈이 흐릿해서 잘 보이지 않았지만, 장발은 목청 씨가 기다란 철 계단을 손수레에 실으려고 안간힘을 쓰고 있다는 걸 알았다.

"휘청거리는군."

철 계단을 실으려고 하자 짐칸 쪽은 내려가고 손잡이가 버쩍 올라가면서 바퀴가 굴러갔다. 철 계단은 땅바닥에 떨어졌고, 목청 씨가 넘어질 뻔했다. 다시 한 번 똑같은 일이 반복되었다.

장발은 좀 더 자세히 보려고 눈을 가름하게 뜨고는 몇 걸음 걸었다. 그래도 갑갑해서 조금 더 걸었다. 그러다 보니 집과 경로당 중간쯤 길에 서 있게 되었다.

목청 씨가 바퀴에 뭘 받치고 다시 철 계단 한쪽을 들어올렸다. 마침 지나가던 사람이 같이 들어 주어서 목청 씨는 철 계단을 손수레에 단단히 묶을 수 있었다. 그리고 허리를 바짝 굽히고 끌기 시작했다. 목청 씨보다 몇 배 더 기다란 철 계단은 손수레에 다 실리지 못해서 땅에 끌리며 조금씩 움직였다.

"쩔쩔매는군. 간신히 끌고 있잖아. 그러면서 나한테는 언제나 큰소리지."

장발은 우두커니 서서 지켜보았다. 철 계단이 땅바닥에 금을 그으며 끌려오는 소리가 지루하게 오래 들려왔다. 목청 씨는 천천히 다가왔고, 장발은 그대로 기다렸다. 그리고 둘은 마주 서게 되었다. 목청 씨의 얼굴과 목은 땀으로 번들번들했다. 입술은 까슬하게 말랐고, 머리카락은 먼지로 뿌예져 있었다.

"비켜나라."

목청 씨가 말했다. 명령처럼. 그러나 장발은 말똥하니 올려다보기만 했다.

"비켜나라 어서."

목청 씨가 또 명령했다. 그래도 장발은 가만히 있었다. 목청 씨처럼 말할 수 있다면 "내게 명령하지 마라!" 하고 되받아쳤을 것이다. 그럴 수가 없으니까 그저 네 발로 굳게 버티고 서서 목청 씨를 빤히 보기만 할 수밖에. 처음부터 그럴 마음이 있었던 건 아니었는데 이상하게도 오기가 생겨났다.

"비키지 못하느냐!"

목청 씨 입에서 벼락 치는 소리가 튀어나왔다. 순간 장발은 털이 바짝 곤두서는 걸 느꼈다. 저절로 공격 자세가 되었다. 더 건드리면 물 수도 있다고 생각했는데 목청 씨는 겁도 안 먹는 듯했다.

"괘씸한 놈!"

목청 씨가 손수레를 끌고 무작정 다가들었다. 그래도 장발은 비키지 않고 버텼다. 철 계단의 무게와 수레바퀴의 속도가 실린 목청 씨의 발걸음은 묵직했고 위협적이기까지 했다. 거침없이 다가드는 발걸음에 장발은 기우뚱 넘어지면서 도랑에 처박히고 말았다. 조금만 더 날랬더라면 도랑을 펄쩍 뛰어서 밭둑으로 피할 수도 있었다. 그러나 장발은 어쩐지 도랑에 빠진 게 속이 시원했다.

구정물을 뚝뚝 흘리며 집으로 들어섰다. 목청 씨는 그런 장발에게 눈길조차 주지 않았다. 마당에 철 계단을 부려 놓고는 의자에 앉아 젖은 빨래처럼 늘어져 있기만 했다. 웬 여자가 찾아오지 않았으면 목청 씨는 어두워질 때까지 그렇게 있었을 것이다.

"그 개, 여기 왔죠?"

장발이 짖기도 전에 여자가 따지듯 소리치며 들어섰다. 장발 같은 건 눈에 보이지도 않는 모양이었다. 목청 씨는 의자에 기댄 채 눈만 뜨고 여자를 보았다.

"아, 그 개 새끼 말예요. 여기 안 왔어요?"

꼭 시누님이 떠들 때처럼 여자의 말투는 까랑까랑했다. 싸우려는 듯 손가락질을 하는 여자가 못마땅해서 장발은 경계하며 다가갔다. 목청 씨의 눈꼬리가 무섭게 쩡그려졌다.

"뭐요?"

"그 개 새끼가 도망쳤다고요! 세상에, 애 아범을 물어뜯고서 말예요!"

목청 씨가 천천히 의자에서 등을 세웠다. 그러나 일어나지는 않았다. 장발은 고개를 갸웃거리며 목청 씨와 여자를 번갈아 보았다.

"도망치다니. 개를 한두 번 다루나……."

목청 씨가 신음처럼 혼잣말을 했다. 그러자 여자는 개집이며 철망 안이며 부엌으로 가는 통로까지 살피고 돌아다녔다.

분해 죽겠다는 듯 알아들을 수도 없는 말을 혼자 해 대면서 말이다.

"이 개가 어디 숨었을까. 잡기만 해 봐라. 가만두지 않겠어."

장발은 고리가 도망쳤다는 것인지, 다른 개를 찾는다는 것인지 알 수가 없었다. 여자가 함부로 들어와 떠드는 꼴도 두고 볼 수가 없었다.

"왕왕! 떠들지 말고 썩 나가요!"

"자앙, 가만있어라."

목청 씨의 손짓에 장발은 입을 다물었다.

"그럼, 우리 개가 어딜 갔다는 거요?"

"그걸 저한테 물으세요? 보나마나 여기로 왔겠지요!"

"그런 일 없소! 데려간 뒤로는 못 봤으니까. 도망쳤다 한들, 그게 내 책임도 아닐 것이고."

"애 아범이 물렸다고요. 난 개털이라도 가져가야겠어요."

"병원에 갈 일이지, 개털이 뭔 소용이라고."

목청 씨는 천천히 일어나 철망 개집을 열어젖혔다. 그러자 안에 갇혔던 시누님이 쪼르르 빠져나와 장독으로 올라갔다. 목청 씨는 부엌으로 가는 문과 광문까지 열었고, 심지어는 집 안으로 가는 현관문까지 열어젖혔다.

"찾아보시오. 이 나이 먹도록 여러 번 강아지 팔았어도, 오늘 같은 몰상식은 처음 당하는군!"

목청 씨의 불평 따위는 귀에 들어오지도 않는지 여자가 집 안까지 들여다보았다. 그때였다. 대문으로 성큼성큼 개장수가 들어선 것이다. 장발은 하얀 천으로 감긴 남자의 팔을 보자 눈이 부릅떠졌다.

"와왕!"

장발은 개장수에게 달려들었다. 개장수는 기겁을 해서 물러났고, 여자는 비명을 지르며 손을 휘저었다. 목청 씨가 달려들어 목을 죄지 않았으면 장발은 개장수를 기어이 물었을 것이다. 장발을 흘끔거리면서 개장수가 불퉁스레 물었다.

"영감님. 혹시 개가 돌아오지 않았나요?"

"허헛 참!"

목청 씨가 어이없어 하며 장발을 억지로 철망 안으로 끌고 가려 했다. 장발은 기를 쓰고 버텼다. 이번에야말로 개장수를 물어뜯고만 싶었다. 그러나 목청 씨 손아귀가 어찌나 단단하게 죄고 있는지 장발은 눈알이 튀어나올 듯한 압박감만 느낄 뿐 제대로 짖지도 못했다.

"아니, 저거 당신 구두 아냐?"

여자의 말에 장발은 머리가 띵했다. 여자가 철망 꼭대기에 매달린 낡은 구두를 가리킨 것이다. 목청 씨도 놀라 멈추었다. 동시에 개장수의 얼굴에는 당황하는 빛이 역력했다. 잠시 침묵이 흘렀다.

"저걸 왜 저기다……."

"무, 무슨!"

"언젠가 당신, 신발 한 짝 없이 왔잖아. 그게 왜 저기 매달려 있어?"

여자가 고개를 갸웃하며 매달린 구두를 떼어 내리려고 했다. 목청 씨의 눈꼬리가 더욱 심하게 일그러지며 매섭게 빛났다.

장발은 가슴이 벌렁벌렁 뛰기 시작했다.

개장수가 여자의 팔을 세게 낚아챘다.

"이 여편네가. 쓸데없이!"

"이봐, 김 씨."

목청 씨가 장발을 철망 안에 가두며 나지막이 입을 뗐다. 그러나 목소리는 떨렸고 힘이 들어가 있었다. 장발은 기대에 찬 눈으로 목청 씨의 떨리는 손을 지켜보았다. 목청 씨는 매달았던 낡은 구두를 떼어 내 여자의 눈앞에 내밀었다.

"틀림없이 남편 거요?"

"그, 그게……."

낌새를 챘는지 여자가 말끝을 흐리며 개장수의 눈치를 보았다. 개장수는 양 볼을 심하게 실룩이며 분을 참고 있었다.

"그랬군! 그래서 장발이, 내 개가 김 씨만 보면 길길이 날뛰었군!"

"무슨 말씀을. 그건 내 신발 아니오!"

개장수가 고개를 쌀쌀 저으며 뒷걸음질을 쳤다.

"이건 우리 개를 모조리 훔쳐 간 도둑놈 신발이거든. 내 개가 물고 왔을 때 알았지. 참 이상하네. 자네 안사람은 맞다, 자네는 아니다?"

"아, 아니, 제가 잘못 봤나 봐요."

아차 싶었는지 여자가 손까지 저으며 부정했다. 그러자 개장수 얼굴이 벌게졌고 입술은 심하게 비뚤어졌다. 하지만 낡은 구두를 움켜쥔 목청 씨의 표정은 당장이라도 개장수 얼굴에 주먹이라도 날릴 판이었다.

"그따위 걸로 괜한 사람 잡지 말아요!"

뒷걸음질로 나가며 개장수가 소리쳤다.

"에끼, 엉큼한 것들!"

목청 씨가 낡은 구두를 집어던지며 호통쳤다. 귀청이 떨어질 듯 무서운 소리였다. 동시에 구두가 정확히 개장수의 등에 맞고 떨어졌다. 등짝을 얻어맞고도 개장수는 뒤도 안 돌아보고 달아났고, 여자는 얼이 빠진 듯 서 있다가 주춤주춤 물러갔다. 목청 씨는 화를 참느라 한동안 큰 숨을 몰아쉬며 대문만 노려

보고 서 있었다.

"엉큼한 놈……."

목청 씨는 휘청휘청 걸어가 의자에 털썩 주저앉았다. 장발은 개장수를 겨우 그 정도로 보내고 맥이 빠져 버린 목청 씨가 어이없었다. 목청 씨도 별수 없이 당했다는 생각이 들어서 부아가 치밀기도 했다. 도둑인 줄 알았으면 훔쳐 간 식구들을 모두 데려오게 하든가 된맛이라도 보여 줄 것이지, 어째서 그렇게 보냈는지 도무지 알 수가 없었다. 분통이 끓어올라서 장발은 철망에 머리를 부딪치며 으르렁거렸다.

"그럴 줄 알았어. 우리 자앙은 제법이지."

목청 씨가 중얼거렸다.

크지도 않은 그 소리를 장발은 용케 알아들었다. 그러자 목구멍이 턱턱 막힐 만큼 치밀던 화가 차츰 수그러들기 시작했다. 단 한 번도 마음에 들지 않았던 사람. 번번이 슬프게 하고, 화나게 하고, 혼자 남게 만든 사람이라 장발은 목청 씨를 좋아한 적이 없었다. 그런데도 곁을 떠나지 못했고 끝까지 미워할 수도 없었다. 이상한 일이었다.

아무 일도 없었다는 듯 의자에 몸을 맡기고 있는 목청 씨. 뽀얀 햇살 때문인지 껍데기만 걸쳐 있는 듯 보이고, 의자가 아니라면 마른 빨래처럼 마당에 가벼이 널브러질 것만 같은 목청 씨가 장발은 오늘따라 무척 낯설게 느껴졌다. 여태껏 알던 사람이 아닌 것 같은 느낌이었다.

장발은 다리를 뻗고 엎드린 채 목청 씨를 바라다보았다. 구정물로 더러워진 털이 말라서 뻣뻣해졌지만 털지도 않았고 가렵다고 구시렁거리지도 않았다. 그렇게 시간이 조용히 흘렀다.

해가 넘어가고 서늘한 저녁 바람이 불기 시작했다.

"꼭꼬르르르! 고리다. 고리가 온다아!"

시누님이 감나무에서 뛰어내리며 소리 질렀다. 장발은 귀가 번쩍 뜨여 고개를 쳐들었다. 담장 위에서 늙은 고양이도 소리 질렀다.

"야오옹. 별일이다! 팔려 간 개가 돌아오다니."

"웡웡! 고리가 온다고?"

장발은 벌떡 일어나 대문 쪽을 보았다. 그러나 철망 안에서는 제대로 볼 수가 없었다. 낯을 찡그리며 목청 씨가 천천히 일어났다. 장발은 철망에 두 다리를 올리고 흔들었다. 확실히 고리의 냄새를 맡을 수가 있었다. 그런데 불안하게도 비위 상하는 냄새였다.

꾀죄죄한 몰골로 고리가 다가왔다. 퀭한 눈빛으로 나타난 고리.

"아가. 왜 그러니?"

장발은 철망 사이로 발을 뻗어 고리를 만져 보았다. 눈동자는 희미하고 코는 까칠했다. 입에서는 허연 거품이 떨어지는 게 아무래도 심상치가 않았다. 목청 씨도 얼른 다가와 고리를 살펴보았다. 눈이 허옇게 뒤집어지며 고리가 쓰러졌다.

"왕왕!"

"이게, 웬……."

목청 씨가 고리를 안아 입을 벌려 보았다. 눈도 살피고 배에 귀도 대 보았다. 장발은 안절부절못하며 철망 안을 맴돌았다.

목청 씨가 고리를 안고 부엌으로 가는 통로로 들어갔다.

"컹컹! 내게 데려와!"

장발은 철망을 힘껏 흔들었다.

"쯧쯧, 어쩌다 저 모양이 됐을꼬. 가망이 없겠는걸."

시누님이 통로 쪽과 철망 앞을 오락가락하며 혀를 찼다. 늙은 고양이도 마당까지 내려와 구경하느라 목을 빼고 있었다.

"꼬꼬꼬. 고향에서도 저렇게 된 애를 보았지. 안됐군!"

"야옹. 뭐, 애들은 다치기도 하면서 크는 거잖아."

시누님의 말꼬리를 자르며 늙은 고양이가 위로했다. 그러나 장발의 귀에는 어떤 말도 들어오지 않았다.

"컹컹! 날 풀어 달란 말이야!"

"꼬꼬꼬. 네가 나오면, 또 날 가둘 텐데?"

"워어엉. 고리야. 대체 무슨 일이니?"

"꼬꼬. 난 거기 싫어 절대로 안 갈힐 거야!"

"야오옹! 눈치 없는 암탉! 저놈의 부리를 그냥 콱!"

"뭐가 어째? 요놈의 괭이!"

시누님이 날개를 푸닥거리며 쫓아가고 늙은 고양이가 잽싸게 달아났다. 시누님이 어찌나 기운차게 뛰는지 늙은 고양이는 미처 담장으로 올라가지 못하고 마당을 뻥뻥 돌다가 대문 밑으로 겨우 달아났다.

한참 만에야 부엌 통로에서 목청 씨가 나왔다.

"자앙. 나오너라."

문이 열리자마자 장발은 쏜살같이 부엌 통로로 들어갔다. 마른 담요 위에 고리가 쓰러져 있었다. 가쁜 숨을 몰아쉬고 있어서 가슴이 무섭게 들썩였고 목에서는 고약한 냄새와 함께 쌕쌕 소리가 새어 나왔다. 목청 씨가 고리를 씻겼는지 대야에는 따뜻한 물이 담겨 있고 뭐에 쓰려고 했는지 기다란 나무 주걱도 있었다.

"몹쓸 걸 먹은 게야. 약 먹은 쥐나, 닭 뼈 같은 거……."

목청 씨가 한숨처럼 내뱉었다. 그러면서 투박한 손으로 들썩이는 고리의 배를 가만가만 쓸어 주었다.

장발은 고리의 눈을 들여다보았다. 흐릿한 눈이지만 고리는 분명히 어미를 알아보고 있었다. 어째서 이렇게 됐는지 묻기에는 너무 늦어 버렸다는 걸 장발은 깨달았다. 집을 떠나면 못 돌아오거나 겨우 이 모양이 돼서야 온다는 사실이 너무나 슬프고 기막힐 따름이었다.

"엄마……."

고리가 아주 희미하게 신음 소리를 냈다. 장발은 몸을 낮추고 귀를 기울여 그 소리를 들었다. 온몸으로 받아들이고 싶은 마지막 목소리였던 것이다.

"아가. 괜찮을 거야. 무서워하지 마라……."

갑자기 몸이 빳빳해지면서 고리가 고개를 쳐들었다. 장발은 문득 고리가 살아나는가 보다 생각했지만 착각이었다. 고리의 목구멍과 항문에서 검붉은 피가 솟구쳤고 지독한 냄새가 퍼졌다. 몸에 고였던 슬픔이 터져 나오듯이 말이다.

벽에 번진 검붉은 피가 마르기도 전에, 지독한 냄새가 채 가시기도 전에 고리는 숨이 멎었다. 장발이 할 수 있는 건 고리의 지친 얼굴을 닦아 주는 일과 외롭지 않게 곁에 있어 주는 일뿐이었다. 장발이 그렇게 할 수 있도록 목청 씨가 담요를 덮어 주고 나갔다.

달팽이 계단

"적어도 고향에 있을 때는 이러지 않았어. 아무도 나를 괄시하지 않았다고. 이 꼴이 뭐람……."

시누님의 푸념은 어제부터 계속 같은 소리였다. 자기 고향으로 돌아가야겠다는 것이다. 그러나 아무도 가여워하지 않았다. 털을 뽑아 가며 처량 맞게 굴었어도 마찬가지였다. 늙은 고양이가 슬그머니 다가가 약을 올리기는 했다.

"그 정도로는 안 돼. 털을 더 뽑으라고."

"인정머리 없는 꽹이 녀석!"

"꺄오웅. 입조심하라고. 오도 가도 못하는 주제에."

늙은 고양이가 철망에 발을 올리자 시누님이 득달같이 달려들었다. 하지만 늙은 고양이가 냉큼 피해서 터럭도 건드릴 수 없었다. 약 올라서 또릿했던 시누님 표정은 금방 또 풀이 죽어 버렸다.

"아, 나를 이렇게 함부로 대하다니……."

늙은 고양이와 시누님이 옥신각신해도 장발은 눈길조차 주지 않았다. 그건 목청 씨도 마찬가지였다.

목청 씨는 그저께부터 마당 가득 일감을 부려 놓고 그 속에 파묻혀 지냈다. 푸른 연기를 피우며 쇠를 다듬고 있는 것이다. 장발은 목청 씨가 하는 일을 바라보는 게 무척 흥미로웠다. 그래서 늙은 고양이가 제집 마당인 양 들어와 어슬렁거리고 다녀도 내버려 둘 수가 있었다.

쇠아아아.

목청 씨가 다시 용접 불꽃을 돋우었다. 장발은 움찔하며 눈을 찌푸렸다. 산소통의 잠금쇠가 풀리자마자 쉭 소리가 느껴지고, 곧바로 줄 끝에서 불꽃이 피는 걸 보면 장발은 자기도 모르게 정신이 또렷해지곤 했다. 그리고 눈을 갸름하게 떠야 보이는 그 푸른 불꽃이 신기했다.

목청 씨는 붉게 퍼진 불꽃을 푸르고 가늘게 조절해서는 쇠를 자르는 데 사용했고, 잘린 쇠판을 다른 쇠와 이어 붙이는 데에 쓰기도 했다. 붉게 익은 쇠에서 불티가 튈 때마다 목청 씨얼굴에 씌워진 용접면의 검은 유리에는 불꽃이 예쁘게 번득였다. 목으로 튄 불꽃은 목청 씨의 살갗을 데게 했고, 옷으로 튄불꽃은 하얀 연기를 피우며 옷을 태워 구멍을 냈다.

장발은 쇠와 불꽃이 하는 일이 놀라웠다. 눈 깜짝할 사이에 꺼져 버리면서도 불꽃이 반드시 흔적을 남긴다는 것이 놀라웠고, 단단한 쇠가 불을 만나서 부드러워지고 모양이 변하는 것도 놀라웠다. 그런 변화를 마른 몸뚱이의 목청 씨가 해낸다는 것도 놀라운 일이었다.

"후유. 좀 쉬자."

목청 씨가 용접기를 놓고 용접면을 벗었다. 얼굴이 땀으로 번들번들했다. 목청 씨가 의자에 앉더니 물을 마시려다가 장발을 보았다.

"어디에 막걸리가 있는 것 같던데. 목이 컬컬할 때는 그것만 한 게 없지!"

목청 씨가 안으로 가더니 뽀얀 병을 들고 나왔다. 그리고 사발에 가득 따라서 쉬지 않고 마셨다. 장발은 방금 땜질된 부분에 코를 대고 냄새를 맡았다. 아직 따뜻하고 싸한 냄새가 강렬하게 났다. 가슴 깊숙이 파고드는 냄새였다. 장발은 자기가 이 냄새를 좋아한다는 걸 알았다.

목청 씨가 만들고 있는 건 계단이었다. 굵은 쇠기둥을 중심으로 나선형의 난간이 있는 철 계단. 쇠를 네모나게 잘라서 기둥과 나선형 난간 사이에 드문드문 붙이는 게 지금 목청 씨가 하고 있는 일이다. 철 계단에 원래 붙어 있던 녹슨 디딤판을 떼어 내고 단단한 새것으로 꼼꼼하게 다시 붙이고 있는 것이다.

왜 이런 걸 애써 만드는지 몰라도 목청 씨가 무척 만족해하고 있다는 걸 장발은 알 수 있었다.

"자앙. 이리 와 봐."

목청 씨가 장발의 밥그릇을 가져오며 불렀다. 장발은 고개를 갸웃했다. 목청 씨가 밥그릇에 뽀얀 막걸리를 부었기 때문이다.

"꾸웅. 시큼한 냄새로군."

장발은 코를 씰룩이며 냄새를 맡고 입을 대 보았다. 달큼한 것이 맛은 괜찮았다. 그래서 바닥이 드러날 때까지 단숨에 핥아 먹었다. 목청 씨가 웃으며 의자에 깊이 앉았다.

"난 말이다. 쇠만 보면 힘이 나. 불로 잘 다스리면 아주 단단한 것을 만들 수가 있거든. 쇠를 붙여 주는 게 바로 쇠라는 것도 매력이지. 쇠를 붙일 때는 철판 두께보다 2밀리 이상 올라오면 안 돼. 그럼 매끄럽지가 않단다. 처음부터 한 몸인 것처럼 해 주는 게 바로 내가 하는 일이야. 그거라면 누구한테도 내가 안 빠지지. 난 전문가거든."

"크억."

장발이 입을 쩌억 벌리며 트림하자 목청 씨가 껄껄 웃었다.

"너와 술을 나눠 먹다니. 쓸쓸한 이 마당에 같이 있는 게 바로 너라니. 허헛 참……."

목청 씨가 눈을 감으며 중얼거렸다. 장발은 느긋한 기분이 되어 길게 엎드렸다. 시누님은 아직도 철망 안을 오락가락하며 푸념을 하고 있고, 늙은 고양이는 목청 씨가 눈치채지 못하게 살금살금 돌아다녔다.

"여기서 나가기만 하면, 나가기만 하면……."

시누님이 신경질적으로 날개를 파닥거렸다. 날고 싶었겠지만 시누님은 철망으로 된 천장에 부딪혀 떨어졌고, 먼지와 함께 깃털 몇 개만이 날렸다.

목청 씨의 목이 옆으로 기울어졌다. 양쪽 팔은 의자 아래로 길게 늘어졌고 바람이 불 때마다 하얀 머리카락이 떨렸다. 장발은 앙상하게 드러난 목청 씨의 팔뚝을 보았다. 아물기는 했지만 이빨 자국이 나 있는 팔뚝. 장발은 그것을 가만가만 혀로 핥았다.

해가 지자 바람이 꽤 싸늘해졌다. 추운지 웅크리면서도 목청 씨는 잠에서 깨지 않았다. 늙은 고양이와 시누님의 아웅다웅 소리도, 안에서 울리는 전화 소리도 목청 씨의 깊은 잠을 깨우지 못했다.

"꾸우웅. 그만 일어나지."

장발은 어쩐지 불안했다. 저대로 못 일어날지도 모른다는 생각이 든 것이다. 오래 전에 밭고랑에서 죽은 점박이도, 고리도 가만히 있다가 굳어 버리고 말았다. 그때였다.

"할아버지!"

장발은 벌떡 일어났다. 동이가 깡충거리며 들어섰고 곧이어 할머니가 함지박을 이고 들어섰다. 동이 엄마 아빠도 뒤따라 들어왔다.

"장발이다!"

동이가 팔을 짝 벌리며 웃었다. 장발도 경중거리며 다가가 반가워했다. 동이가 자신의 목을 두 팔로 꼭 안을 때 장발은 너

무나 행복했다. 동이한테서 나는 달콤한 냄새는 언제나 마음을
편안하게 해 주었다.

"에고, 몸도 아픈 양반이."

할머니가 서둘러 함지박을 내려놓고 목청 씨를 깨웠다. 몹
시 피곤한 얼굴로 눈을 떴지만 동이를 보자마자 목청 씨의 얼
굴에 웃음이 가득 차올랐다. 동이는 장발의 목에 둘렀던 팔을
풀고 곧바로 목청 씨에게 달려들었다. 지쳐 늘어져 있던 목청
씨는 거짓말처럼 일어나며 동이를 안아 올렸다.

"이렇게 일찌감치들 왔구나!"

"할아버지, 생일 축하!"

동이가 혀 짧은 소리로 말했다. 목청 씨는 동이를 안고 덩실
거리며 좋아했다.

"할애비 생일은 내일인걸! 그래도 우리 동이가 축하하면 언
제든 좋지!"

목청 씨가 동이를 안고 빙그르르 돌 때 장발도 덩달아 겅중
겅중 따랐다. 동이가 없었다면 절대로 그렇게 하지 않았을 것

이다.

"아버지. 우리도 왔어요."

목청 씨의 딸 가족도 한꺼번에 들어섰다. 동이보다 더 작은
여자애가 목청 씨를 보며 달려왔다. 목청 씨는 한 팔로는 동이
를 안고 다른 팔로는 여자애를 번쩍 들어 안았다. 그리고 춤을
추듯 덩실덩실 얼러 댔다.

"이걸 어디에 쓰시게요?"

동이 아빠가 철 계단을 가리켰다. 그러자 목청 씨가 깜빡했
다는 듯 아이들을 내려놓고 망치를 집어 들었다. 그리고 땜질
한 부분을 툭툭 치며 제대로 붙었는지 확인했다.

"잘됐네. 이젠 너희가 좀 도와야겠다."

목청 씨가 땜질한 부분을 살피며 안전하게 마무리하는 동
안 동이 아빠는 감나무 아래에 구덩이를 팠고, 목청 씨의 사위
는 마당에 널린 연장들을 정리했다.

동이가 다가와 길게 뉘어진 철 계단을 타고 앉았다.

"할아버지. 이게 뭐야?"

"뭐긴. 계단이지. 달팽이 계단."

"달팽이 계단?"

"오냐. 달팽이 속이 이것처럼 빙글빙글 돌아가 있거든."

"아, 그렇구나! 그럼, 달팽이가 올라가는 계단인가?"

"하하하. 우리 동이가 올라가야지. 연이도 올라가고. 달팽이처럼 조심조심 천천히. 그래서 꼭대기까지 올라가라고 할애비가 만들었지. 할애비 선물이다. 감이 익거든 올라가서 잘 따라고 만들어 주는 거야."

"할아버지가 따 주면 되지."

"물론 그럴 거야. 하지만……."

"하지만?"

"할애비가 없으면 못 따 주잖아. 그때는 너희들이 따야지."

"할아버지가 왜 없어? 여기 있는데!"

동이가 목청 씨의 가슴을 치며 웃었다. 그 모습을 모두 잠자코 바라보았다. 그러다가 하던 일을 계속했다. 동이 아빠는 구덩이를 팠고, 사위는 연장을 광에 가져다 넣었다. 할머니는 우물에서 채소를 씻었고, 딸과 며느리는 부엌으로 갔다. 장발은 슬그머니 자리를 떴다.

"젠장. 배반감이 뼈에 사무치는군!"

담장 밑에 쪼그려 있던 늙은 고양이가 내뱉듯이 말했다.

"말도 요상하게 하는구나. 배반감이 뼈에 사무치는 게 뭔지 난 모르겠군."

"세상에 믿을 건 하나도 없다는 거지."

장발은 우거지상이 된 늙은 고양이를 잠자코 건너다보았다. 그런 뜻이라면 장발도 여러 번 경험이 있었다. 늙은 고양이는 앞발로 눈을 비비고 코를 문질렀다.

"내가 많이 늙어 보이니?"

늙은 고양이가 눈을 깜빡거리며 물었다. 장발은 아무 말도 안 했다.

"하긴, 눈이 침침하기는 해. 코도 둔하고……."

"늙은 게 뭐 어때서?"

"그러게 말이야. 그게 뭐 어떻다고 새파란 걸 또 데려오느

난 말이지. 적어도 난 우리 할머니랑 십 년 넘게 살아왔다고. 그게 얼마나 긴 세월인데……."

장발은 그제야 늙은 고양이가 왜 서글퍼하는지 알았다. 어린 고양이가 새로 오는 게 분명했다. 팩팩거리고 얄밉게만 굴던 늙은 고양이가 오늘은 퍽 안쓰럽게 보였다. 느끼한 냄새만 아니라면 고양이라는 사실조차 까먹을 뻔했다.

"내쫓을 거야. 할머니 옆은 내 자리니까. 언제나."

늙은 고양이가 가래 끓는 소리를 남기며 돌아섰다. 제 딴에는 용기를 내려고 한 말이었지만 어깨는 늘어졌고 꼬리도 처져 있었다.

사람들은 한마디씩 하면서 철 계단을 세우고 있었다.

"조심하세요. 꽉 잡으시고요."

"오냐. 구덩이에 시멘트를 부어라. 그래야 기둥이 안 쓰러지지."

"이야, 멋지네요! 페인트는 파란색이 좋겠어요!"

장발은 감나무 곁에 세워지고 있는 목청 씨의 작품을 올려다보았다.

감나무를 휘감아 돌며 오르게 돼 있는 철 계단. 계단을 하나씩 밟고 올라서면 감나무를 한 바퀴 돌게 되고, 열 번째 디딤판까지 올라서면 감나무 꼭대기에도 손이 닿을 수 있게 해 주는 달팽이 계단. 그것은 감나무를 보호하는 듯 보이기도 하고, 감나무에 기대어 서 있는 것처럼 보이기도 했다. 부드럽게 둥글어진 달팽이 계단이 어쩐지 구부정하게 서 있는 목청 씨처럼 느껴져서 장발은 고개를 갸웃했다.

얄미워도 친구

"웡웡! 당장 나오지 못해!"

장발은 화단에 서서 야단쳤다. 그래도 시누님은 아랑곳하지 않았다. 요리조리 뺀질뺀질 피해 다니며 하고 싶은 짓을 다 하는 것이다. 텃밭에서는 포기를 묶어 놓은 배추를 쪼아 먹고, 장독에서는 말리려고 항아리에 올려놓은 조기를 쪼아 먹었다. 늙은 고양이의 말로는 이웃 마당까지 가서 새로 온 어린 고양이의 밥까지 빼앗아 먹는다고 했다.

"너 같은 골칫덩이는 다시없을 거야."

"꼭꼬꼬. 나한테는 바로 네가 골칫덩이야! 날 괴롭히지 못해서 안달이잖아. 도무지 마음 놓고 쉴 수도 없는걸!"

시누님이 소리를 꽥 지르고 감나무로 날아올랐다. 원체 잘 먹어서 날이 갈수록 몸이 피둥피둥한데도 기운차게 잘도 날았다. 담장에 있던 늙은 고양이가 풀쩍 뛰어서 지붕으로 물러났다.

"두고 보라지. 언제든 틈만 보이면……."

"쳇, 그놈의 소리! 내가 눈 하나 깜짝일 줄 알아? 겁쟁이가 아니라는 걸 보여 달라고. 그렇게 도망 다니지 말고 이리 와 보시지!"

시누님이 가슴을 내밀고 담장으로 갔다. 늙은 고양이는 더 멀찌감치 물러났고 나중에는 안 보이게 되었다. 장발은 한숨을 쉬며 개집으로 갔다.

"목청 씨는 오늘도 안 오려나……."

입맛이 없어도 차게 굳어 버린 밥을 꾸역꾸역 먹었다. 새벽에 할머니가 부어 준 것인데 안 먹으면 또 시누님 차지가 될 것이고, 오늘 먹이는 이게 전부일 수도 있었다. 며칠 동안 목청 씨는 그림자도 볼 수가 없었다. 할머니만 일찌감치 나갔다가 밤늦게서야 돌아오곤 했던 것이다.

"집이 너무 조용하구나. 이런 건 정말 싫어."

장발은 몸을 쭈욱 늘였다가 부르르 털었다. 그리고 밖으로 나섰다. 어떻게 알았는지 늙은 고양이가 물받이 통을 타고 내려왔다.

"또 정류장 가니? 소용없을 텐데."

아무 대꾸도 않고 지나치자 늙은 고양이가 입맛을 다셨다. 그러고는 어슬렁어슬렁 밭둑을 따라 걸어갔다. 어린 고양이가 온 뒤부터 늙은 고양이는 눈에 띄게 야위었고 밖으로만 돌았다.

장발은 정류장에 서서 자동차가 지나가는 걸 물끄러미 지켜보았다. 어떤 차는 그냥 지나가고 어떤 차는 서기도 했지만 아는 사람이 이쪽으로 오는 일은 없었다. 어제도 그랬고 그저께도 그랬다. 포기하고 돌아가면 그제야 할머니가 돌아와 집에 불을 켰고, 장발의 밥을 챙겨 주었다.

　가로등에 불이 들어왔다. 이제 돌아갈 때가 된 것이다. 오늘도 장발이 기다리는 동안에는 아무도 오지 않을 모양이었다. 장발은 목청 씨를 기다리는 일이 마치 잃어버린 어미나 식구들을 기다리는 일처럼 착각될 때가 있었다. 기다리고 기다려도 오지 않아서 더욱 그런지도 몰랐다.

　장발이 터덜터덜 담장을 따라 걸을 때였다. 거친 숨을 뱉으며 늙은 고양이가 다가왔다. 느끼한 냄새 때문에 장발은 멈칫서고 말았다.

　"내가 뭘 알아 왔게?"

　장발은 눈살을 찌푸렸다. 늙은 고양이는 가끔 밑도 끝도 없이 말을 꺼내곤 했다. 결국 또 설명할 거면 처음부터 쉽게 말하는 게 나을 텐데 말이다.

　"네가 나한테 뭘 해 줄 수 있을까?"

　늙은 고양이는 또 알아들을 수도 없는 말을 하며 씨익 웃었다. 장발이 찡그리며 노려보아도 아랑곳하지 않았다.

"자앙. 내가 너한테 아주 중요한 걸 알려 주면, 넌 내게 뭘 해 줄래?"

"뭘 바라는데?"

"으음. 네가 뭐, 신통한 걸 가진 게 없으니."

"흰소리할 거면 그만 둬."

"아, 그래. 친구가 돼라. 어떤 경우에도 나를 배반하지 않는 친구. 진짜 친구!"

"친구 좋아하시네. 난 개고, 넌 고양이야."

"그러니까 더 특별하지."

"난 가야겠다. 걱정이 돼서 집을 비울 수가 없네."

"수다쟁이 암탉이 있는데 뭘 그래. 고 얄미운 암탉을 꼭 혼내 주고 말 거야. 우리 귀염둥이를 쪼아서 할머니가 얼마나 속상해한다고."

장발은 코웃음으로 대답하고 앞서 걸었다. 늙은 고양이도 어쩔 수 없다는 생각이 들었다. 할머니의 귀여움을 어린 고양이에게 빼앗기고도 할머니와 어린 고양이를 염려하니 말이다.

"왜 그냥 가지? 어떤 경우에도 배반하지 않는 친구가 된다고 대답 안 했잖아?"

"왜 그래야 하는데?"

"왜? 글쎄. 왜 그래야 하지?"

"멍청이."

장발이 고개를 저으며 대문으로 들어설 때였다. 늙은 고양이가 활짝 웃으며 앞을 막아섰다.

"생각났다! 흰둥이!"

"흰둥이?"

"네 아기, 흰둥이 말이야. 걔가 사는 데를 알았어. 어떻게 컸는지 궁금하지?"

장발은 늙은 고양이의 눈을 뚫어져라 보았다. 단 한 번도 고양이를 믿은 적이 없었지만 이번만큼은 믿고 싶었다. 믿어도 좋을 것 같았다. 늙은 고양이의 크고 반짝이는 눈이 그렇게 해도 된다고 말하는 것만 같았다.

"흰둥이. 내가 처음 낳은 새끼였지……."

"걔가 사는 데를 안다고, 내가!"

장발은 성큼 다가섰다. 그러자 늙은 고양이가 놀라서 물러났다. 비록 말은 트고 지내지만 어쩔 수 없이 개와 고양이 사이라 그런 것이었다.

"개는 교육을 받은 게 틀림없어. 그건 아주 중요한 거야. 모두 알아볼 정도로 유명한 개가 됐다지 아마."

"어디 사는데?"

"멀지도 않아. 교회 뒤편으로 가면 유치원이 나오지? 그 뒤로 가면 두부 공장이 있고, 그 왼편으로 가면 방앗간이 있지. 방앗간을 지나면 학교가 나오잖아. 어린애들 다니는 데. 그 뒤로 가면……."

"맙소사, 그래서? 대체 어디라는 거야?"

"그게 말이야. 사실은 나도 잘 몰라."

"뭐야? 결국 헛소리야?

"아니, 내가 아는 고양이한테서 들었는데, 그 고양이가 학교 뒤 어디쯤 있는 음악가 집에 산대. 악기를 연주한다지 아마."

"어휴! 그게 흰둥이랑 무슨 상관이람. 이따위 헛소리나 듣다니. 나도 참 한심하지!"

장발은 늙은 고양이를 밀치며 집으로 들어갔다. 그러자 늙은 고양이가 식식대며 쏘아붙였다.

"그 고양이네 산다고! 흰둥이가."

"흰둥이가……."

"그 고양이 말이, 흰둥이가 여기서 왔다는 거야."

"그, 그랬구나!"

장발은 활짝 웃으며 돌아섰다. 늙은 고양이도 삐죽 내밀었던 입을 헤벌쭉 벌렸다.

장발은 그대로 내달렸다. 어디서 힘이 나오는지 몸이 날아갈 듯하였다. 어두워지고 있지만 조금도 걱정스럽지 않았고 집을 지켜야 한다는 사실도 중요하게 느껴지지 않았다.

"흰둥이가 날 알아볼까? 잘 자랐겠지!"

달리면서 내내 즐거운 상상을 하였다. 늙은 고양이가 일러 준 대로 가려고 했지만 사실 정확히 어디를 말한 것인지는 알 수 없었다. 대충 짐작되는 곳으로 달리고 또 달려갔다.

전에도 초등학교 뒤까지 와 본 적이 있었다. 그래서 거기까지는 갔다. 하지만 거기에서부터가 문제였다. 많고 많은 집 가운데서 어디가 음악가의 집인지 짐작도 할 수가 없는 것이다. 게다가 사방이 아주 캄캄해져서 뭘 알아보기는 어려웠다. 비어 있는 집도 걱정이었다.

"흰둥아. 내일 다시 오마."

장발은 어렵사리 발길을 돌렸다. 자꾸만 뒤를 돌아보았을 망정 장발은 가붓한 마음으로 돌아올 수 있었다. 내일 늙은 고양이를 만나면 뭐든지 바라는 걸 들어 주어야겠다고 다짐했다. 어떤 경우에도 배반하지 않는 친구 같은 건 개와 고양이 사이에서는 좀 우습지만 시누님을 혼내 주는 일 같은 건 해 볼 수 있겠다고 생각했다.

"아직 아무도 안 왔나?"

대문을 들어서며 장발은 긴장했다. 이렇게 늦은 시간이면 할머니라도 와 있을 줄 알았는데 창문은 여전히 어둡고 집 안이 너무나 고요해서 저절로 털이 곤두서는 느낌이었다. 기분이 좋지 않았다. 어쩐지 비위 상하는 냄새도 나는 것 같았다.

"컹컹! 왜 조용하지? 이봐, 시누님."

여전히 고요했다.

"컹! 장난치지 말고 나와."

장발은 마당에 서서 사방을 둘러보았다. 눈을 갸름하게 뜨고 귀를 쫑긋거리면서 주의 깊게 살폈다. 그러자 희미하게 무슨 소리가 들렸다. 담장 아래 호박 넝쿨이 우거진 곳에서.

장발은 서둘러 달려갔다. 가까이 갈수록 불길한 냄새가 강해졌다.

"자앙……."

장발은 너무나 놀랐다. 늙은 고양이가 숨이 끊어질 정도로 위태로운 상태였던 것이다. 늙은 고양이 곁에는 이미 빳빳해진 시누님이 쓰러져 있었다. 무슨 일이 있었는지 충분히 짐작이 되는 상황이었다.

"젠장. 이렇게 당하다니……."

"이봐. 정신 차려."

장발은 안타까운 마음으로 발을 굴렀다. 도움이 된다면 뭐든 하고 싶었다. 하지만 냄새만으로도 이미 늦었다는 걸 알 수가 있었다.

"겨우 암탉한테 당했다는 말은 듣기 싫어. 제발 의리를 지켜 줘. 입조심하라고……."

늙은 고양이가 가쁘게 숨을 몰아쉬었다. 장발은 고개만 끄덕였다. 어떤 경우에도 배반하지 않는 친구가 돼 달라던 말이 떠올랐다. 그렇게 해 주기도 전에 늙은 고양이는 숨이 끊어질 순간에 있는 것이다.

"기운 내."

장발은 따뜻한 혀로 늙은 고양의 상처를 핥아 주었다. 늙은 고양이는 자꾸만 감기려는 눈을 애써 깜빡이며 장발을 끝까지 보려고 했다.

"이런, 봐……. 네게서 또 빛이 나. 넌 다르다고 했지."

"네 눈이 별난 거겠지."

"아냐. 깜깜할수록……. 넌 잘 보인다니까."

장발은 무심코 자신의 앞발을 보았다. 늙은 고양이의 말 때문인지 달빛 때문인지 털이 달라 보이기는 했다. 그런 줄도 몰랐는데 늙은 고양이 덕분에 알게 된 사실이었다. 가늘게 떨리던 늙은 고양이 몸이 움직이지 않았다.

"이봐!"

장발은 늙은 고양이를 흔들어 보았다. 그러나 감긴 눈은 꿈쩍도 안 했고 이미 숨소리도 멎어 있었다.

장발은 한참 동안 멍하니 앉아 있었다. 눈물은 나오지 않았다. 이상하게도 미안하고 또 미안하기만 했다.

"네 눈이 별난 거야……."

귀찮고 얄미운 이웃이라고만 생각했는데, 절대로 친해질 수 없을 줄 알았는데 생각해 보니까 늙은 고양이야말로 참 오랫동안 알고 지낸 사이였다. 내일부터 담장에서 늙은 고양이를 볼 수 없다고 생각하니 마음이 너무나 무겁고 쓸쓸했다.

"암탉한테 당했다는 말은……. 그래, 입조심할게."

장발은 아직 부드러운 늙은 고양이의 몸뚱이를 입에 물었다. 그리고 이웃집으로 갔다. 죽더라도 늙은 고양이는 거기에 있고 싶을 거라고 생각하면서.

지독한 겨울

깍깍깍.

장발은 눈을 간신히 뜨고 내다보았다. 배고프고 추워서 웅크리고 잤더니 몸이 너무 저렸다. 서리가 하얗게 앉은 감나무에서 까치가 날개를 다듬고 있었다. 나무 꼭대기에 몇 알 남은 감이 유난히 빨개 보였다.

창문은 굳게 닫힌 채였다. 어제 아무도 오지 않았던 것이다.

텅 빈 밥그릇이 유난히 휑하고 차디차게 보였다. 장발은 퍼뜩 생각나는 게 있어서 호박 넝쿨이 있는 곳으로 가 보았다. 얼어서 늘어진 호박 넝쿨 밑에 시누님이 있었다. 늙은 고양이가 단번에 끝냈는지 몸은 깨끗한 편이었고, 그나마 서리가 하얗게 덮여서 마치 자고 있는 것 같았다.

장발은 무심코 담장 위를 보았다. 서릿발만 빛나는 담장. 어젯밤 일은 꿈이 아니었던 것이다. 우울한 마음으로 장발은 텃밭을 나왔다.

"배추가 다 얼어 버렸네."

목청 씨만 건강했다면 배추가 여태까지 밭에 있을 리 없었다. 그뿐만이 아니었다. 목청 씨만 괜찮았으면 마당에 낙엽이 쌓이는 일도, 광문이 열린 채 덜컹거리는 일도, 수도꼭지를 꼭 잠그지 않아서 온종일 물이 새는 일도, 장발이 배를 곯는 일도 없었을 것이다.

날씨가 매섭기는 해도 장발은 몸을 길게 늘여 기지개를 켰다. 입김이 하얗게 퍼져 나갔다. 배가 고파도 추워도 오늘은 꼭

할 일이 있다.

"알아볼 수 있을까?"

장발은 부지런히 길을 나섰다. 옆도 뒤도 안 보고 곧장 앞만 보면서 어제 갔던 길을 되짚어갔다. 그런데 어제처럼 학교 뒤에서부터는 우왕좌왕할 수밖에 없었다. 음악가의 집이 어디인지, 음악가가 대체 무엇인지 장발로서는 알 수가 없었다.

"기다릴 거야. 하루 종일이라도. 모두 알아볼 만한 개가 되었다잖아. 나도 알아볼 수 있을 거야. 암, 내 아기인걸."

장발은 추위를 견디기 위해 골목을 부지런히 돌아다녔다. 학교 주변에 나 있는 길이란 길은 죄다 걸어 보았다. 이 길에 있을 때 혹시 흰둥이가 다른 쪽 길로 가 버리면 안 되니까 주변을 살피며 움직였고 덕분에 추위나 배고픔은 생각할 겨를도 없었다. 그렇게 오락가락하다가 꽃집 앞에 이르렀을 때였다.

"아!"

장발은 자기도 모르게 멈추고 말았다.

하얀 개. 벌써 오래전에 만났던 개를 고스란히 기억해 낼 수 있다는 건 참으로 묘한 일이었다. 덩치가 크고, 귀가 반듯하고, 다리가 곧게 뻗은 잘생긴 모습. 하지만 지금 보고 있는 개는 장발이 만났던 하얀 개보다 털이 좀 더 길고 갈색에 가까운 빛을 띠고 있었다.

장발은 빙그레 웃음 지었다. 누가 말해 주지 않아도 장발은 알 수 있었다. 하얀 개라고 착각한 이 개가 바로 흰둥이라는 것을 말이다. 그리고 이제는 아기라고 불러서도 안 된다는 걸 깨달았다.

"그렇구나. 바로 너야!"

가슴이 마구 뛰기 시작했다. 장발은 마주 걸어오는 흰둥이를 그윽한 눈길로 바라보았다. 교육을 받은 것 같다던 늙은 고양이의 말이 무슨 뜻인지 몰랐는데 흰둥이를 보는 순간 알 수 있었다. 믿음직한 표정으로 주인을 이끌고 있는 흰둥이. 앞을 못 보는 주인을 위해 몸에 가죽띠를 차고서 주인과 걸음 폭을 맞추어 걸어오는 모습은 단 한 번도 상상해 보지 못한 거였지만, 그래서 더 기특하고 놀라웠다.

"흰둥아……."

감히 방해를 할 수가 없어서 아주 작은 소리로 불러 보았는데 흰둥이는 못 듣고 지나갔다. 그래도 괜찮았다. 뒤에서 흰둥이의 사뿐거리는 발걸음을 바라보고 기분 좋게 흔들리는 꼬리를 지켜보는 것만으로도 장발은 뿌듯했다. 벅찬 가슴을 진정이라도 하듯 장발은 중얼거렸다.

"이봐, 고양이. 몰랐는데, 넌 진짜 친구였구나."

헤어지면 모두 불행해지는 줄 알았는데 그게 아니라서 고마웠다. 모두 죽었을 거라고 무서워했는데 멋지게 잘 크기도 한다는 걸 알아서 너무나 다행스러웠다. 아침 내내 돌아다닌 길만 해도 여러 갈래인데 꼭 하나의 길에서 바로 이렇게 만난 일도 고마울 따름이었다.

장발은 멀찌감치 떨어져서 흰둥이를 따라갔다. 목청 씨의 가게가 있는 삼거리까지. 거기서 흰둥이는 장발이 한 번도 가 보지 못한 길로 꺾었다. 장발은 멈추었다. 굳게 닫혀 있는 자전거 가게. 문득 집이 걱정되었다. 그리고 이제는 자기가 낯선 구역으로 들어갈 만큼 젊지 않다는 것도 알았다.

"잘 가라. 내 아기."

장발은 경쾌하게 걸어가는 흰둥이 뒤에 대고 고개를 끄덕여 주었다. 그리고 더 이상 돌아보지 않았다.

농협 창고 모퉁이를 돌자마자 장발은 동이 아빠의 차가 와 있는 것을 보았다. 동이 아빠는 차에서 짐을 내리는 중이었다. 목청 씨는 먼저 집으로 갔을 터였다.

장발은 경중경중 뛰어 집으로 가는 골목으로 들어섰다. 곧바로 목청 씨의 냄새가 느껴졌다. 그런데 목청 씨는 눈에 띄지 않았다. 서둘러 가던 장발은 깜짝 놀랐다. 목청 씨가 도랑에 처박혀 신음하고 있는 것이다. 발을 헛디뎌 굴러 떨어진 게 분명했다.

"웡웡!"

장발은 얼른 도랑으로 내려가 목청 씨 몸을 감쌌다. 이마가 깨져서 피가 맺히고 까슬해진 얼굴과 목에는 소름이 돋은 채 목청 씨가 몹시 떨고 있었던 것이다. 장발은 동이 아빠가 어서 듣고 달려와 주기를 바라며 목청을 돋웠다.

"웡웡웡! 꾸물대지 말고 빨리 와!"

"자앙……."

목청 씨가 파리한 손으로 장발의 목을 끌어당겼다. 싸늘한 손가락을 느끼자마자 장발은 더럭 겁이 났다. 목청 씨의 몸이 심하게 떨리는 것이 장발에게 고스란히 전해진 것이다.

"에구머니나!"

집에서 달려오던 할머니가 화들짝 놀라 도랑으로 내려왔다. 다행이 물이 없어서 아무도 젖지 않았지만 쓰러진 목청 씨에게는 야트막한 도랑조차 험한 것이었다.

"에고, 영감. 잘못했어요."

"아아……."

"얼른 가서 방부터 데운다는 것이 그만. 찬우가 뒤따라오는 줄 알았더니."

목청 씨가 고통스러운 듯 신음했다. 마침 동이 아빠가 달려와서 목청 씨를 들쳐 업었다. 장발은 힘없이 흔들리는 목청 씨의 팔다리를 안타까이 보면서 따라갔다. 사람들은 안으로 들어가고 장발은 밖에 남았다. 메마르고 싸늘한 바람이 마당을 구석까지 들쑤시며 낙엽을 몰고 다녔다.

며칠 안 되어 집은 또 휑하니 비었다. 목청 씨가 새벽같이 병원에 실려 간 것이다. 그날 저녁에 목청 씨의 딸이 와서 짐을 챙겨 간 뒤로 집 안에는 사람 그림자도 얼씬거리지 않았다. 차디차게 굳은 밥 덩이를 얻어먹고는 물조차 구경할 수 없어서 장발은 허기지고 두려웠다.

깍깍깍.

꼭대기에 남은 마지막 감을 파먹으며 까치가 울었다. 이제 까치마저 안 오면 정말로 혼자 남는 것이다. 비아냥거리기 일쑤였어도 늙은 고양이가 담장을 거닐던 때가 좋았다. 앙살궂을 망정 시누님이 있을 때가 그래도 나았다.

"잠이라도 오면 좋겠는데."

장발은 몸을 웅크렸다. 속이 비어서 추위가 더 지독하게 느껴졌다. 철망 개집이라도 열렸으면 담요가 있는 그 안으로 들어갈 텐데 문이 꼭 닫혀서 장발은 싸늘한 바깥 개집에 있을 수밖에 없었다. 개집은 너무 추웠다. 바닥이 둥글고 기다란 쇠로 만들어진 거라서 낡은 담요가 깔렸어도 뼈가 시릴 정도로 차가웠다.

"안에 누구 계세요?"

신발 끄는 소리를 내면서 침술원 여자가 들어섰다. 장발은 입맛을 다시며 나갔다. 음식 냄새가 났던 것이다. 여자는 현관문을 비틀어 보고 그냥 돌아섰다.

"쯧쯧. 주인 때문에 너도 고생이구나."

침술원 여자가 장발을 보며 낯을 찡그렸다. 그리고 들고 온 접시를 기울여 음식을 쏟아 주었다. 국물이 있는 음식이면 좋을 텐데 아쉽게도 김치 부침개였다. 그거나마 장발은 허겁지겁 먹었다.

"수술이 잘 되었나 모르겠네……."

침술원 여자가 혀를 차며 대문을 나갔다. 장발은 목이 콱 잠기는 듯했다. 아무래도 목청 씨가 많이 아픈 모양이었다. 마치 진저리가 처지듯 몸이 떨렸다. 빈속이 다 채워지지 않아서 그런 것 같았다. 뭔가 더 먹어야만 했다.

"속이 뒤틀리는 것 같구나."

장발은 느릿느릿 집을 나섰다. 몸이 계속 얼어 있어서 그런지 걸을 때마다 무릎이 욱신거렸다. 떨리는 다리에 힘을 주고 들판을 둘러보았다. 새벽에 살포시 내린 눈이 채 녹지 않아서 논과 밭이 더 싸늘하게 느껴졌다. 어디에도 주워 먹을 먹이 같은 건 없을 것이다. 있다고 해도 함부로 먹어서는 안 된다.

장발은 침술원으로 갔다. 김치 부침개라도 배불리 먹고 싶다는 마음이 간절해서였다.

"크르릉."

문 앞에 있던 발바리가 경계하며 이빨을 보였다. 안 본 사이에 발바리는 덩치가 우람해지고 얼굴은 고집스레 변해 있었다. 대문 앞에 와서 친한 척 굴던 옛날의 발바리가 아니었다.

"크르릉. 너도 이제 한물갔구나."

발바리가 콧김을 뿜으며 비웃었다. 장발은 얼굴이 화끈거리는 듯했다. 기분이 상했으면 당장 돌아서야 하는 건데 몸이 따르지를 않았다. 발바리 앞에 놓인 밥그릇이 너무나 풍성해 보였던 것이다. 김이 무럭무럭 나는 밥그릇. 먹고 싶다는 마음이 강렬하게 일면서 눈물이 핑 돌았다. 장발은 앞뒤 생각도 않고 달려들었다. 그리고 당장 한입 물었다.

"크와왕! 이게 어딜!"

발바리가 어깻죽지를 콱 물었다. 날카로운 이빨이 살가죽에 박히는 게 느껴졌다. 그래도 장발은 입에 문 것을 삼켰다. 한입 더 먹으려고 했으나 발바리가 어깨를 물고 흔드는 바람에 주저앉고 말았다. 눈물이 쑥 빠졌다.

"개 팔자는 주인 따라가는 거지. 영감이 오늘내일한다더니, 네가 부끄러운 줄도 모르는구나."

장발은 고개를 빼고 물러 나올 수밖에 없었다. 방금 삼킨 것이 가슴에 걸린 것만 같았다. 찬 바람이 물린 데를 쿡쿡 건드렸다. 마치 어깨의 상처를 벌리고 몸속을 찌르는 것만 같아서 장발은 진저리를 쳤다.

개집 앞에서 장발은 잠시 머뭇거렸다. 담요가 깔려 있지만 바닥이 쇠로 된 집에는 정말이지 들어가기 싫었다. 그러나 찬 바람을 피하려면 어쩔 수가 없었다.

"식구들이 곧 올 거야. 한잠만 자면……."

장발은 개집으로 들어가 웅크렸다. 차가운 쇠의 느낌이 뼛속으로 스며들었다. 그럴수록 장발은 몸을 더 꼭꼭 웅크렸다.

친구에게 가는 길

"어떻게 산목숨을 이렇게 만들 수가 있단 말이냐."

귀에 익은 소리를 들으며 장발은 눈을 떴다. 주름진 목청 씨의 얼굴이 가까이 있었다. 장발은 혀를 내밀어 목청 씨 얼굴을 핥고 싶었다. 하지만 입 안으로 흘러드는 음식 때문에 그럴 수가 없었다. 목청 씨가 숟가락으로 죽을 떠 넣어 주고 있었던 것이다.

"이런……."

목청 씨 얼굴이 주름투성이로 일그러졌다. 장발이 먹은 걸 도로 게워 냈기 때문이다. 목청 씨의 앙상한 손이 장발의 목을 쓰다듬었다. 배를 쓰다듬고 다리를 쓰다듬었다. 그러나 장발은 손길이 따뜻한 줄도 부드러운 줄도 몰랐다. 이상하게도 감각이 없는 것이다.

"내가 할 테니, 당신은 들어가 쉬어요."

할머니가 숟가락을 받아 들었다. 목청 씨는 벽을 짚으며 간신히 일어나 장발을 물끄러미 내려다보았다. 장발도 목청 씨를 올려다보았다. 그사이 목청 씨는 광대뼈가 툭 불거질 정도로 마르고 늙어 있었다.

"먹어라. 그래야 살지. 너라도 살란 말이다."

목청 씨가 신음처럼 중얼거리며 장발을 보았다. 퀭한 눈빛이었다. 너무나 깊고 투명해서 다른 데를 보고 있는 듯한 느낌마저 들었다.

목청 씨가 들어가자 장발은 주위를 보았다. 어쩐지 따뜻하다 싶더니만 부엌이라 그런 것이었다.

"어서 먹어라. 네가 살아야 주인도 기운을 내지."

할머니가 장발의 입에 죽을 흘려 넣었다. 장발은 그것을 받아먹으려고 했다. 하지만 가슴에 딱딱한 것이 있는지 도무지 삼킬 수가 없었다. 장발이 또 게워 내자 할머니가 한숨을 쉬며 손을 멈추었다.

장발은 어지러웠다. 그래서 눈을 감았다. 춥지 않아서 좋고 목청 씨가 돌아와서 좋았다. 이렇게 아무 일도 안 일어나면 좋겠다는 생각을 했다.

아무것도 먹지 않은 채로 장발은 잠만 잤다. 자꾸만 자꾸만 어지러워서 눈이 떠지지 않았던 것이다. 눈을 감고 있어도 장발은 때때로 소리를 들었다. 할머니가 왔다 갔다 하는 것도 느끼고 목청 씨가 안에서 신음하는 소리도 들었다. 아주 먼 데서 나는 소리를 듣는 듯 아득하기는 했지만.

"미안하다. 하지만 네가 이러는 걸 보게 할 수는 없다."

할머니가 장발을 힘겹게 들었다. 눈을 감고 있었지만 장발은 모두 느끼고 들었다. 자기가 들려서 밖으로 나온 것이랑 찬 바람이 부는 대문 밖에 혼자 남았다는 것을 말이다. 그런데 별로 슬프지도 않고 춥지도 않았다. 되레 가슴속까지 스며드는 바람이 시원했다.

대문 밖에서도 장발은 잠을 잤다. 잠이 깨서도 눈을 뜨지 않았다. 그러다가 문득 정신이 들었다.

'이제는 일어나야겠어. 집에 가야지.'

장발은 천천히 일어났다. 너무나 뻣뻣한 몸뚱이였다. 먹은 게 없으니 당연했다. 계속 같은 자세로 있었으니 당연했다. 그렇다고 해도 이건 너무 심했다. 뒷다리 하나가 전혀 말을 듣지 않는 것이다. 오그려 붙은 뒷다리 때문에 제대로 걸을 수가 없었다. 장발은 그제야 자기가 절름발이가 됐다는 걸 알았다.

장발은 쿵 쓰러졌다. 그렇게 한참이나 있었다. 그러다가 다시 일어나 비척비척 걸었다. 두어 번 또 쓰러졌으나 결국 개집까지 갔다.

'자고 나면 괜찮아질 거야.'

장발은 가장 편안한 자세로 엎드렸다. 그리고 또 눈을 감았다. 먼 데서 아득하게 음악 소리가 들려왔다. 오늘따라 그 소리가 장발을 행복하게 했다.

갑자기 집 안에서 울음소리가 터져 나왔다. 그것도 한꺼번에. 사람들이 뛰어다니는 소리가 들렸고 울음소리가 길게 이어졌다.

무슨 일인지 궁금해서 장발은 눈을 뜨려고 했다. 그러나 눈꺼풀이 지독히도 무거웠다. 마치 붙어 버린 듯 꿈쩍도 안 했다. 모든 것이 정지된 듯한 고요한 순간이 편하면서도 장발은 눈을 떠야겠다고, 일어나야겠다고 생각했다.

"자앙?"

목청 씨가 부르는 소리가 들렸다. 친구를 부르듯 다정한 소리에 장발은 고개를 쳐들었다. 뻣뻣하던 몸뚱이가 신기할 정도로 가벼웠다. 목청 씨의 목소리가 너무나 밝고 경쾌해서 덩달아 힘이 나는 것 같았다. 그런데 햇빛이 눈부셔서 눈을 똑바로 뜨기가 어려웠다. 빛이 눈에 익자 신기하게도 이파리가 무성한 감나무와 꽃이 만발한 화단이 보였다.

"자앙?"

목청 씨가 장발을 또 불렀다. 장발은 눈을 끔뻑이며 소리가 나는 곳을 보았다. 감나무 쪽이었다. 정확히 달팽이 계단이었다. 감나무를 타고 길게 뻗어 오르는 달팽이 계단. 언제 저렇게 자랐을까 싶을 만치 감나무는 하늘로 치솟은 모습이었고, 달팽이 계단은 푸른 가지에 뒤덮여 끝이 보이지도 않았다.

아득한 달팽이 계단을 오르며 목청 씨가 손짓하고 있었다. 그 뒤를 어린 강아지들이 따르고 있었는데, 밭고랑에서 죽은 점박이와 무녀리였던 검둥이였다. 장발은 활짝 웃으며 경중경중 뛰어갔다. 태어나서 오래 걷지 못한 강아지들이 달팽이 계단을 오르니 잘되었다고 생각하면서. 오래된 친구가 부르면 어디라도 같이 가는 거라고 생각하면서.

오래된 담장 너머에

"감나무가 그대로 있네. 달팽이 계단도 아직 있나 봐."

동생이 전화로 알려 주었다. 나보다 먼저 그곳에 들러 상황을 살펴본 모양이다. 근처를 가끔 지나가는 동생조차 몇 년 만에 가 보는 곳. 그럴 일도 없는 나로서는 아득하기만 한 곳.

아직 엄마 아버지가 살아 있고, 형제들이 아웅다웅 어우러지고, 개가 짖고, 이웃집 고양이가 기웃거리고, 텃밭의 채소가 풍성하던 십 대 시절의 집.

작가로 이름을 얻은 내 이야기를 방송국에서 구성하는데 평택 객사리 집이 들어가면 좋겠다고 하여 고민을 좀 했다. 작품에 등장하는 감나무와 달팽이 계단이 아직도 그곳에 있는지 알 수 없고 무엇보다 이제는 남의 집이다. 작가답시고 불편한 부탁을 하기도 싫고, 그곳에서 보낸 가족의 힘든 시간을 굳이 떠벌리고 싶지 않았다. 절망적이던 나 자신을 더 가엾게 드러내야 할 짓은 피하고 싶었다.

"대문이 잠겨 있어. 담장이 쓰러질까 봐 장대로 받쳐 놨네."

동생은 사진과 함께 메시지를 보내 주었다. 방송에 나올지도 모른다니까 호기심이 동하는 모양이었다.

나는 작가와 피디를 설득했다. 그렇게 객사리 집을 구성에서 빼 버렸다.

가족 사정이 고스란히 드러날 수밖에 없는 이야기를 쓸 때마다 나는 머뭇거렸다. 미안하고 책임감이 느껴졌다. 몸이 기억하는 것들을 결국 끄집어낼 수밖에 없는 작가의 근성이 이럴 때는 원망스러울 수밖에 없다.

동생이 보내 준 사진을 보고 또 보았다. 논밭이던 주변이 높은 건물로 들어차서 앉은뱅이처럼 남은 곳. 1970년대에 개발 붐을 타고 엉성하게 지어진 건물이 오래 버티겠나. 그래도 여기는 우리 가족의 기억이 사는 집이다. 방송이 될 필요도 없고 남들에게 알릴 필요도 없는 우리 시간 속의 집. 나는 우리만의 한때를 그대로 두어야 할 가족의 일원이었다.

　오래된 담장 너머에 아직 감나무가 있다. 이제는 늙은 나무.

　달팽이 계단이 아직 있을까. 발판이 삭아 버렸을 만큼 세월이 흘렀는데.

　엄마가 조기 다듬던 우물. 뒤란의 시고 달던 개복숭아나무. 사우디아라비아에서 온 아버지가 처음 커피 맛을 보여 주던 어떤 날. 아버지를 기다리며 죽어 가던 개. 개도 울 수 있다는 걸 알았던 겨울밤. 창문도 없던 다락방. 절망하지 않으려고 가짜 이야기를 가득 채웠던 공책들.

　오래된 담장 너머의 집은 그런 곳이면 충분하다. 우리의 한 시절이 가득 채워진 곳. 어린 자식들이 자라나고 엄마 아버지가 아직 한창이던 장면들로 완전한 곳. 아버지가 해외 노동자로 벌어 온 돈으로 고향을 떠나 처음 장만했던 집에서 우리는 전체였고 하나둘 떠났다. 그리고 아무도 돌아가지 못했다.

　이 작품《푸른 개 장발》은 마치 오래된 담장 너머의 '무엇' 같다. 나에게 이런 '무엇'이 있어서 참 다행이다.

황선미